Murielle Renault

Murielle Renault a grandi en Normandie et vit aujourd'hui à Paris. Après deux publications aux éditions Le Dilettante : *Enfin la vérité sur les contes de fées* (2007) et *Le strip-tease de la femme invisible* (2008), Murielle Renault s'attaque au mariage. Est-ce parce qu'elle est née au premier jour de l'automne 1972, sous le signe de la Balance, qu'elle est d'une nature indécise ? Toujours est-il qu'elle est très intriguée par les gens qui arrivent à s'engager pour la vie, d'où son troisième roman, *Oui*…

OUI…

MURIELLE RENAULT

OUI…

LE DILETTANTE

Le papier de cet ouvrage est composé de fibres naturelles, renouvelables, recyclables et fabriquées à partir de bois provenant de forêts plantées et cultivées durablement pour la fabrication du papier.

ISBN : 978-2-266-21719-4

À Julien, mon illégitime compagnon.

Partie I

Dis-moi oui !

Juliette

Il est resté bouche cousue.

J'ai affiché mon sourire de conquérante, celui qui accompagnait chacune de mes attaques, celui qui combattait le doute et l'incrédulité, et j'ai harponné son regard, le soutenant sans relâche. Mon cœur battait au rythme de l'adrénaline qui m'avait envahie, vite et fort. J'étais vivante, belle, et d'ici quelques secondes Benjamin laisserait exploser sa joie.

Il m'a demandé si je blaguais.

Mon sourire s'est retourné, commissures vers le bas et dépit vers le haut, et j'ai dû fermer les écoutilles pour empêcher mes larmes de jaillir.

Je ne blaguais pas, ce serait une belle fête, avec tous nos amis, la plus belle journée de notre vie !

J'aurais donné cher pour suivre le cours de ses pensées… c'était impossible, bien sûr. Mon excitation est retombée, remplacée par une aigreur par trop familière. Je méritais mieux que cet offensant temps de réflexion. J'ai sorti un vieux reste de colère, j'en avais toujours en réserve, je n'avais qu'à tendre la main, souffler sur les braises et je m'enflammais tout entière.

« Bonjour l'enthousiasme ! Super ! Y a quelqu'un ?

Mais c'est pas possible d'être aussi mou ! T'as perdu ta langue, ton cerveau ? Y a des jours où je me demande comment je fais pour rester avec toi… »

Je me suis levée, prête à quitter le salon, la tête haute. Le but de la manœuvre était clair, signifier que cette offre exceptionnelle était sur le point d'expirer, mais j'ai eu le temps d'atteindre la cuisine avant qu'il ne retrouve l'usage de sa langue, et pour dire ça, honnêtement…

Il avait besoin de temps, c'était si abrupt, si inattendu, il ne voulait pas me répondre à la légère.

C'est tout ce qu'il a trouvé à dire. Ah ! non, il m'a demandé de le comprendre aussi. J'avais très bien compris, il ne m'aimait pas assez, point à la ligne. Je ne voulais pas d'un oui en demi-teinte, d'un choix raisonnable, d'une décision prise suite à une soigneuse analyse, je voulais de l'enthousiasme, du panache, de l'amour qui transpire par tous les pores ! J'ai retiré ma proposition avec un feint mépris, et suis allée m'enfermer dans les toilettes pour m'offrir un temps de répit. Je me détestais. Pourquoi m'étais-je mise dans cette situation ? Maintenant, il n'y avait plus de retour possible. Il avait refusé de m'épouser, je n'avais plus d'autre choix que de le mettre dehors, question de fierté.

Quand je suis revenue au salon, il n'avait pas bougé. En attrapant mon téléphone d'un air affairé, je lui ai demandé ce qu'il faisait encore là. Il m'a attrapée par l'avant-bras et m'a dit, avec beaucoup de douceur, d'arrêter. J'ai hésité une seconde, juste une, une de trop, et l'instant d'après, j'étais assise sur ses genoux, ses yeux plantés dans les miens et sa bouche trop près de mon visage.

« Juju… ma Juju… »

Je sentais mes forces me quitter et ma colère s'étioler. J'ai lutté pour me relever et m'éloigner avant qu'il ne soit trop tard. Il m'en a empêchée. J'ai encore craché quelques méchancetés, pour me défendre, mais il a tenu bon et le stock de larmes que j'avais contenu a déferlé. Il m'a bercée jusqu'à ce que je me calme et retrouve la dignité du mouchage de fin d'averse. Je conservais une lueur d'espoir, il y avait peut-être de l'amour quand même. J'attendais, le nez dans son cou et les bras agrippés.

Il a repris la parole et j'ai fermé les yeux en priant des dieux inventés pour l'occasion de ne pas me laisser tomber. J'avais peur des mots qui allaient sortir de sa bouche. À juste titre. Son discours était enrobé de miel, mais le message était toujours le même.

Je me suis extirpée de ses bras, à contrecœur mais il ne me laissait pas le choix. Je n'avais rien à faire avec un hypocrite de son espèce, qu'il aille distribuer ses caresses ailleurs. Et puisque Monsieur ne souhaitait pas s'engager, il pouvait dégager. Je n'aimais pas les couilles molles et c'était tout ce qu'il était. Il croyait quoi, que j'allais le supplier ? C'était mal me connaître ! Qu'il retourne jouer les seconds rôles auprès de son cher Guillaume, ils faisaient bien la paire.

Il a proposé de me téléphoner plus tard, il ne voulait pas que je sois fâchée, il n'avait pas dit non, il avait juste besoin de réfléchir…

Il n'avait vraiment rien compris !

Je ne voulais plus en parler, ni maintenant ni jamais. S'il voulait bien récupérer ses affaires et se diriger vers la sortie, je lui souhaitais une bonne soirée. Il y avait peu de chances que je reste chez moi, ce n'était donc pas la peine de me rappeler, ni de me demander qui j'allais voir.

Il n'a rien demandé, il n'a pas cherché à m'embrasser, il ne s'est même pas retourné.

Benjamin

J'étais soulagé de quitter l'appartement. Le ciel m'était tombé sur la tête mais j'en étais sorti vivant, et malgré l'air lourd et saturé, je retrouvais peu à peu un fil à mes pensées.

Quelques bouffées de nicotine plus loin, j'ai souri : l'indomptable Juliette m'avait demandé en mariage. Mon amour-propre flottait dans les airs, gonflé à bloc, même si cette demande ressemblait plus à un caprice qu'à une décision mûrement réfléchie. Depuis un an que nous sortions ensemble, il n'avait jamais été question de vie commune ou de présentation aux beaux-parents, elle n'avait jamais fait preuve d'un romantisme exacerbé, elle fustigeait les conventions et les gens qui les respectaient, mais cet après-midi, à dix-huit heures trente-huit, elle avait succombé à l'appel de l'union sacrée.

Drôle de manière de terminer la journée.

J'espérais qu'elle ne m'en reparlerait jamais, en tout cas pas avant que je sois prêt, dans plusieurs années. Et si elle me quittait ? Je préférais ne pas y penser. Si elle pouvait transformer cet épisode en mauvaise blague, « Tu y as cru, hein ! », ou même avec une pointe de méchanceté, « Je ne peux pas croire que t'y aies cru… », je serais soulagé.

Jour de mariage avec Juliette…

Je la voyais seule sur le parvis de l'église.

L'église ?

Non, pas Juliette…

Ou si, pour surprendre.

Je n'arrivais pas à m'imaginer près d'elle, mais pas non plus parmi les invités, avec un autre à ses côtés.

J'étais où, moi ?

Je lui essayais différentes tenues, robe rouge, jean, jupe ultracourte, du noir en ce jour blanc, comme pour un enterrement…

Beaucoup d'invités !

Ou non, même pas ses parents.

Les miens, oui, bien sûr, bouche pincée, choqués, cherchant à le cacher, et moi, gentil garçon, essayant de les rassurer.

Quel joyeux bordel !

Et le repas… pique-nique ? McDonald's ?

Ma Juju, qu'est-ce que tu m'inventerais ?

Épouser Juliette ne pouvait pas être une chose facile, mais ne pas l'épouser alors qu'elle le voulait risquait d'être pire encore. Face à ce dilemme, je regrettais presque d'avoir pris la place de Guillaume, de ne plus être simple spectateur.

Quand ils étaient ensemble, je passais des heures à écouter Guillaume me raconter ce qu'ils vivaient, comme elle le rendait fou, comme elle était insupportable, les ultimatums, les engueulades, quand il s'énervait, qu'elle boudait, qu'elle revenait, vulnérable, adorable, comme il l'aimait alors, comme elle se donnait, passionnée, entière, guerrière, si femme, et l'instant d'après, enfant capricieuse, coléreuse. Il n'était pas avare de détails, il avait besoin d'évacuer, il n'avait pas l'habitude d'être ainsi malmené.

Elle me fascinait, sans exagérer, j'enviais Guillaume et je le plaignais. Cette fille était un fantasme hors de ma portée, du moins je le pensais, jusqu'à ce qu'elle décide de tout bouleverser, tout changer, jusqu'à ce qu'elle s'offre à moi, pardon Guillaume, je n'avais pas hésité malgré notre longue amitié. J'étais devenu un autre homme. Je me pensais banal, j'étais formidable, comment expliquer autrement son choix ? Certaines mauvaises langues avaient affirmé que c'était pour faire souffrir Guillaume, hypothèse plausible et sensée que j'avais rejetée sans aucune autre forme de procès.

De là à m'engager pour la vie à ses côtés, c'était une autre histoire ! Je n'étais pas contre le mariage, mais Juliette n'était pas le genre de fille avec qui il était facile de se projeter dans l'éternité, question de distance à tenir et d'énergie à déployer. Je n'étais ni plus courageux, ni plus endurant, ni plus résistant qu'un autre. Le calme et la tranquillité n'existaient pas avec Juliette, jamais, combien de temps je le supporterais ?

Juliette était une fille que j'aimais follement mais que je quitterais pour faire des enfants.

C'était absurde et j'étais minable, prêt à la perdre par manque de courage, à passer ma vie à m'ennuyer plutôt que de me mettre en danger.

Je me suis attribué un zéro pointé, avec en punition l'image de moi-même à cinquante ans, portant un pantalon en velours côtelé marron, un pull beige, une grosse paire de lunettes sur des yeux éteints et des cheveux ternes, un peu gras, répartis avec soin autour d'une raie bien droite, assis dans un canapé tout aussi fatigué que moi, et ne faisant rien, attendant sans savoir quoi, pendant qu'une femme débordante d'ennui somnolait à mes côtés.

Était-ce vraiment ce à quoi j'aspirais ?

J'ai sorti mon téléphone, je devais lui parler.

J'étais parti de façon inconsidérée, sans me soucier de l'état dans lequel ma réaction avait pu la plonger, sans imaginer qu'au moment où je franchissais la porte, je la perdais peut-être à tout jamais.

Ma Juju…

Je n'aurais agi ainsi avec personne d'autre. Si Mathilde m'avait demandé en mariage, je ne l'aurais jamais traitée avec autant de légèreté. Parce que c'était Juliette, j'avais agi comme si ça n'était qu'un caprice, sans un égard de plus.

Le téléphone a sonné dans le vide avant de basculer sur sa messagerie. J'ai raccroché, une boule d'inquiétude au creux de l'estomac.

Juliette

J'ai ouvert une bouteille de vin, un cru sans prétention et sans importance, rouge vermeil, que j'ai eu l'élégance de ne pas boire à la bouteille.

L'éducation envers et contre tout même dans les pires moments. Je me suis servie dans un verre en cristal, pièce rescapée d'une collection offerte par ma grand-mère. Je l'ai vidé cul sec. Le vin était râpeux, tant pis, je n'avais pas mieux.

Je ne savais pas grand-chose des sentiments de Benjamin, je ne recevais ni mots d'amour ni déclarations enflammées. Il était présent, tendre, attentif, mais muet, ce qui m'exaspérait. Je l'avais quitté deux fois déjà à cause de ça, la première sous prétexte de ne plus supporter son amitié avec Guillaume, et la seconde, de lui rendre sa liberté pour qu'il puisse s'installer en province. Il n'avait pas cédé pour Guillaume, mais il était resté à Paris.

Et aujourd'hui, il m'avait éconduite.

Il lisait, très concentré, trop à mon goût. Je lui avais déjà donné quelques pichenettes pour le ramener à moi, mais ça n'avait pas marché, juste un regard rapide, un sourire mécanique, et il avait replongé le nez dans ses pages. J'avais réfléchi et l'idée m'était venue, déroutante et magnifique, de le demander en mariage. Je m'étais lancée, tête baissée, ravie de cette comédie romantique improvisée. Je repensais à sa tête, pas la moindre trace de bonheur ou d'enthousiasme, juste de l'embarras. Je m'étais trompée dans le casting, Benjamin n'était pas taillé pour le rôle et l'héroïne se retrouvait à boire du mauvais vin, seule et désespérée.

Mon téléphone a sonné, c'était lui. Je me suis mise aux abonnés absents, je ne voulais pas décrocher pleine d'espoir pour me ratatiner dix secondes plus tard. Il n'a pas laissé de message, il n'en laissait jamais, puis il a rappelé et j'ai lutté pour ne pas céder à la tentation de lui parler. Je ne donnais pas cher de ma résistance, il me fallait de la compagnie, d'urgence.

J'ai appelé Jimmy et j'ai zappé les politesses préliminaires pour aller droit au but.

« Salut, c'est Juliette, tu fais quoi là ?

— Je me bourre la gueule.

— Tu ne veux pas venir le faire avec moi ?

— Peine de cœur ?

— Râteau…

— T'es plus avec Benjamin ?

— Si, enfin j'en sais rien, mais viens, je te raconterai !

— Putain, Jul', je suis en caleçon devant ma télé, qu'est-ce que tu veux que je traverse Paris…

— Je suis déprimée.

— …

— OK, je peux venir d'ici une demi-heure ?

— Magne-toi, je te prépare un Ricard ! »

Je suis arrivée vingt-cinq minutes plus tard, en taxi, douze euros la course, le juste prix pour mon cafard. J'avais réfléchi pendant le trajet. Jimmy allait se moquer de moi avec cette histoire de mariage, mais tant pis, j'assumais, il y aurait au moins une personne que ça amuserait. Dès que je l'ai vu, son sourire m'a réchauffée. Il m'a gratifiée d'un chaste baiser sur le front et m'a invitée à me mettre à l'aise. Tout était prêt, comme aux plus grands jours, bol de cacahuètes, baguette et pot de tarama. Un ami solide, Jimmy.

« T'es allé faire des courses ?

— Jul', j'ai toujours tout ce qu'il faut au cas où tu passerais me voir !

— C'est ça, fous-toi de moi ! Tu viens de descendre à l'épicerie exprès pour moi ? »

Il a snobé ma question et m'a servi un Ricard. J'avais envie de me blottir dans ses bras mais c'était contraire à nos conventions. Je me suis calée dans mon siège, j'ai bu quelques gorgées et j'ai attendu qu'il lance la discussion, plus très sûre d'avoir envie de parler.

« Alors ?

— Alors quoi ?

— Tu te fous de ma gueule ?

— J'ai proposé à Benjamin de m'épouser.

— Qu'est-ce que c'est que cette connerie ?

— Ce n'était pas prémédité…

— Je te préviens, je ne couche pas avec les femmes mariées.

— De toute façon, ma proposition n'a remporté aucun succès…

— Encore heureux ! Non mais, Jul', tu te rends compte, s'il t'avait dit oui… »

Oui et non, pas vraiment.

Jimmy a fouillé dans sa pile de CD, et en avant la musique, je me suis tue pour écouter.

Ma mie, de grâce, ne mettons
Pas sous la gorge à Cupidon
sa propre flèche
Tant d'amoureux l'ont essayé
Qui, de leur bonheur, ont payé
Ce sacrilège...

Pour Jimmy, il n'y avait rien à ajouter.

Moi, j'entendais ce que cette chanson disait, mais je n'avais pas la sérénité de notre ami Georges et j'avais besoin d'être rassurée. J'étais d'accord pour le romantisme, mais seulement si le prince charmant chantait la sérénade sans jamais s'essouffler. Le mien n'était pas comme ça, alors comment je pouvais savoir s'il m'aimait ?

Benjamin

Elle a éteint son téléphone après mon troisième appel.

Où était-elle ? Avec qui ? Je n'étais pas jaloux, mais je pensais trop à elle ce soir pour supporter l'idée qu'elle puisse m'oublier avec un autre.

J'avais besoin de lui parler.

Je suis resté cinq minutes la main sur la poignée de la porte, prêt à sortir, à imaginer la scène quand j'arriverais chez elle. En vain. Je suis retourné au salon fumer une cigarette et réfléchir encore.

J'ai jeté mon mégot sans quitter des yeux ses fenêtres. Tout était sombre, il n'y avait même pas les lueurs fantomatiques de la télévision. Il était dix heures et je ne pouvais imaginer qu'elle soit couchée. Je suis monté, persuadé de ne pas la trouver, et j'ai sonné. Pas un bruit ne filtrait. J'ai fouillé dans mon sac, à la recherche d'un papier et d'un stylo que je n'ai pas trouvés, ce qui m'a énervé plus que de raison.

Je suis redescendu.

Je n'avais aucune envie de rentrer chez moi.

J'ai pensé à Mathilde. Je pourrais aller chez elle, ne rien lui dire, me blottir dans ses bras, lui faire l'amour, la laisser me bercer et oublier Juliette, au moins jusqu'au lendemain… Cette agréable perspective a été torpillée par un bataillon de scrupules. J'étais peut-être un lâche, mais pas un salaud, en tout cas pas ce soir, tant pis pour moi.

Guillaume ? Je ne pourrais ni lui parler de Juliette, ni lui cacher que quelque chose me chiffonnait. Il m'interrogerait, j'éluderais, il insisterait pendant toute la soirée et ça me fatiguait rien que d'y penser.

Je n'allais quand même pas appeler ma mère !

« Au secours, Maman, ma copine veut m'épouser, qu'est-ce que je dois faire ? Comment ça, quelle copine ? Ah ! oui, je ne t'avais pas dit… oui, depuis un an… Pourquoi je ne vous l'ai pas présentée ? Je ne sais pas… mais non, Maman, je n'ai pas honte de vous, qu'est-ce que tu vas chercher ? Puisque c'est comme ça, je n'ai qu'à me débrouiller… Merci, Maman, d'accord, au revoir, je t'embrasse. »

Non, impossible.

Je suis remonté sur mon vélo et j'ai roulé au hasard, sans réfléchir à mon itinéraire, guidé par l'enchaînement des pistes cyclables. Je m'interrogeais sur le petit bonhomme dessiné par terre qui me montrait le chemin, était-il marié, lui ?

Coup de Klaxon.

J'ai freiné aussi fort que j'ai pu, ça a suffi, tout juste. Le chauffeur du taxi m'a adressé de grands gestes en m'engueulant à travers les vitres de sa bagnole, une vieille Mercedes pourrie qui ne méritait plus depuis longtemps qu'on paie pour y poser ses fesses. Je lui ai balancé quelques insultes, histoire de ne pas être en reste. Ce n'était pas le moment de me chercher. Heureusement, il n'a pas insisté. J'aurais été assez con pour me battre avec lui, et tant que j'y étais, avec le SDF qui commentait la scène en ricanant depuis l'arrêt de bus. J'avais un problème, moi, j'avais besoin que le reste de l'humanité me manifeste un peu de solidarité, et qu'est-ce que je constatais ? Que tout le monde s'en foutait ! J'ai soupesé la possibilité de copiner avec le clodo, prêt à lui échanger des clopes contre son attention, mais il avait l'air vraiment trop bourré et je me suis barré.

Je me suis arrêté dans un bar. À défaut de parler, je pouvais boire. Je me suis assis dans un coin et j'ai commandé un demi. J'aurais dû rester debout, près du comptoir, pour trouver quelqu'un avec qui discuter, mais au fond, je voulais être seul. Au milieu des gens, mais seul.

J'ai mis du temps à lever le camp à cause des antivols qui protégeaient ma petite reine et de leurs clés minuscules.

Les bières s'étaient succédé sans discontinuer quand j'avais rejoint le groupe de bruyants buveurs qui refaisaient le monde, accoudés au comptoir. Une confidence en amenant une autre, j'avais déballé mon histoire et tout le monde avait envoyé des tournées à mon mariage. J'avais tenté plusieurs fois de clarifier la situation, je n'étais pas sûr de me marier, je ne savais pas, je ne voulais pas la perdre mais pas non plus m'embarquer comme ça sans réfléchir, ça allait trop vite, beaucoup trop vite. Ils se marraient et opinaient d'un air entendu. Pour eux, l'affaire était réglée. J'avais abandonné toute résistance, à quoi bon continuer de me torturer ?

J'ai enfin réussi à libérer mon destrier et je me suis mis en selle. Je zigzaguais sans rien maîtriser. Je me suis obligé à rouler doucement, respirant l'air frais à grandes goulées, m'appliquant à garder le cap et me méfiant des voitures, des piétons et des sacs plastique, qui tous représentaient de grands dangers.

Je suis arrivé à bon port, soulagé. J'ai rentré mon vélo dans la cour intérieure et je l'ai attaché. J'aurais peut-être dû rentrer chez moi… Bah, ce n'était plus le moment de tergiverser. J'ai gravi les escaliers. Arrivé au troisième étage, je me suis approché de sa porte et j'ai sonné.

Rien ne s'est passé.

J'ai sonné encore.

J'ai entendu ses pas.

Elle a demandé qui était là.

J'ai répondu que c'était moi.

La porte s'est ouverte sur Mathilde, visage ensommeillé.

Je lui ai annoncé que j'allais me marier.

Juliette

Quand j'ai ouvert les yeux, j'étais dans les bras de Jimmy, nue comme un ver et mes fesses blotties au plus près de sa virilité. Onze heures vingt-huit. J'ai bougé un peu en espérant le réveiller, sans succès. Je me suis levée et j'ai attrapé mes vêtements que j'ai enfilés en me dirigeant vers la salle de bains.

J'avais mal au crâne. Nous avions beaucoup bu et débattu du mariage. Jimmy était trop romantique pour en supporter l'idée, il n'y voyait qu'un carcan mis en place par une société qui avait besoin de stabilité (*sic*).

« Et d'après toi, Jul', pourquoi les gens l'ont-ils adopté ? Parce que ce sont des trouillards, parce qu'une fois mariés, ils peuvent penser à autre chose. La société leur met une telle pression avec ça, tu comprends ! Ils n'aiment pas la liberté. La liberté, ça les stresse, ça les angoisse, ils ne savent pas quoi en faire. De toute façon, ils ne veulent pas sortir du lot, ils veulent être comme tout le monde, alors ils se marient, ont des gosses et vivent dans une maison. À eux la maison, hein ! Après, ils te regardent avec envie tout en te demandant quand est-ce que tu vas te caser ! Mais toi, Jul', t'es pas comme ça, qu'est-ce que tu vas t'embringuer dans ce truc-là ? Non mais c'est vrai, t'es même pas amoureuse de lui, ne secoue pas la tête je te connais, si c'était le cas, tu aurais des circonstances atténuantes, mais là, franchement… qu'est-ce que tu cherches ? À énerver Solange ? À narguer ton père ? À enterrer ta mère ? Ou bien c'est une blague, t'es en train de me faire marcher… »

Je l'avais asticoté en l'accusant d'être un lâche et un trouillard, un éternel adolescent incapable de s'engager dans quoi que ce soit.

« Tu me fais marrer, c'est pas une question de courage le mariage ! Le courage de quoi ? De s'assurer à vie contre la solitude ? Le vrai courage, c'est de prendre le risque de crever sans personne pour le regretter, ça c'est courageux ! Tu crois quoi, Jul', que les gens restent ensemble parce qu'ils s'aiment ? Non, ils restent parce qu'ils sont paniqués à l'idée de vieillir seuls ou de devoir tout recommencer, et là, je te parle de ceux qui respectent leurs engagements, pas de ceux qui divorcent au rythme des saisons, ceux-là sont les pires, et je ne dis pas ça pour ton père, Jul', mais merde, c'est encore plus pathétique ! »

Je souriais en me remémorant ses longs discours de la veille, il n'avait pas économisé sa salive. Cependant, malgré tous ses arguments, ma proposition, faite sur un coup de tête, s'était transformée au cours de la soirée en une envie irrépressible, une absolue nécessité. Je voulais me marier avec Benjamin, et tant pis si c'était pour les mauvaises raisons que Jimmy évoquait. J'avais essayé de lui expliquer ma fragilité et mon besoin d'être rassurée. Il avait ricané, il me voyait forte. J'aimais ça, mais je doutais que ce soit bien fondé. Et puis Benjamin était la personne idéale, malgré ses silences et ses hésitations. Il m'apaisait, je me sentais plus tranquille et disponible avec lui, moins en colère, moins en guerre, j'en avais assez de bouillir sans arrêt, prête à déborder.

« Soit, Jul', mais à quoi sert le mariage dans tout ça ? Qu'est-ce que ça va t'apporter de plus, tu peux me dire ? Est-ce qu'il a l'air de vouloir te quitter demain ? Non ! Et s'il avait envie de te quitter, tu supporterais qu'il reste juste à cause de ce bout de papier ? Bien sûr que non ! Alors quoi ? »

Je n'avais rien répondu, je n'avais aucun argument valable à lui opposer.

J'avais faim. Le pot de tarama qui traînait sur la table basse avait viré au rose vif et n'avait plus rien d'appétissant. J'ai goûté le pain, il était encore mangeable. J'ai ouvert les placards de la cuisine à la recherche de Nutella, en vain. J'avais une réputation d'emmerdeuse à entretenir, je me suis donc précipitée dans la chambre.

« Y a pas de Nutella ? »

Pas de réponse.

« Qu'est-ce que je mets sur mes tartines si y a pas de Nutella ? »

J'ai sauté sur le lit.

« Hé, Jimmy, tu dors ? »

Soupir.

« T'es mort ? »

Soupir encore.

« Si t'es pas mort, tu dois me répondre !

— Jul', t'es une dingue !

— Je sais !

— Y a du Nutella dans le placard de l'entrée, et maintenant fous le camp ! »

Je suis sortie en souriant. Il m'avait acheté du Nutella en plus du tarama. Je me suis installée au salon avec mes tartines et mon jus d'orange, et j'ai allumé mon téléphone. Benjamin avait fini par me laisser un message… angoisse et espoir.

« Vous avez un nouveau message, aujourd'hui, à une heure vingt-huit. »

J'ai d'abord entendu un brouhaha, puis sa voix, à peine audible, qui m'annonçait qu'il était d'accord pour m'épouser. Après une hésitation, il avait ajouté « Je t'aime, Juliette » avant de raccrocher.

« Tapez cinq pour rappeler, deux pour effacer, trois pour réécouter. »

J'ai tapé trois.

« Aujourd'hui, à une heure vingt-huit.

— Juliette, c'est Benjamin, je voulais te dire que… je suis d'accord pour t'épouser… Je t'aime, Juliette.

— Tapez cinq pour rappeler, deux pour effacer, trois pour réécouter. »

Trois, encore une fois, puis j'ai laissé la dame archiver mon message, hébétée, heureuse et amoureuse.

Benjamin

Je me suis réveillé dans les bras de Mathilde. J'aurais aimé me rendormir mais je savais que ce serait impossible. Je n'avais pas envie de bouger, je voulais prolonger cet instant. Si je sortais de ce lit, j'avais peur de ne plus y revenir, jamais.

Quand j'étais arrivé cette nuit avec mon mariage en bandoulière, Mathilde avait réagi avec son calme habituel. Elle m'avait invité à entrer et m'avait demandé si je préférais boire un café ou continuer à la bière… J'avais choisi la bière. Elle s'était préparé un thé, sans me parler, sans me faire la gueule non plus, elle me souriait quand nos regards se croisaient. Elle réfléchissait sans doute à la manière de réagir à une situation pareille. Qu'était censée dire une maîtresse lorsque son amant lui apprenait qu'il était sur le point de se marier ?

Nous nous étions installés dans son canapé, chacun à un bout. Elle gardait les mains autour de sa tasse pour se réchauffer. Je ne savais pas quoi dire, j'attendais qu'elle donne le ton. Elle m'avait demandé de lui raconter. J'avais résumé, de la demande en mariage de Juliette jusqu'à mon coup de téléphone sous les applaudissements de mes camarades de comptoir.

« Félicitations. »

Elle n'avait rien dit de plus et le silence s'était installé, pesant.

« Tu crois que je fais une connerie ?

— J'en sais rien, ce n'est pas mon problème.

— Tu t'en fous ?

— Je ne m'en fous pas. Mais ta relation avec Juliette, ce n'est pas mon affaire.

— Mais si je me marie, nous risquons de ne plus nous voir…

— Pourquoi ? Ça change quoi ?

— Je sais pas, je vais prêter serment… »

Elle avait souri.

« Donc tu es venu pour me faire tes adieux ?

— Non. Je suis venu parce que… »

Ma phrase était restée en suspens.

Elle s'était mise à chantonner.

Je suis venu te dire que je m'en vais
Et tes larmes n'y pourront rien changer
Comme dit si bien Verlaine au vent mauvais
Je suis venu te dire que je m'en vais

Je m'étais senti minable et l'espace d'un instant, à cause de son ironie, je m'étais demandé si elle n'était pas de mèche avec Juliette, si tout ça n'était pas qu'une mise en scène destinée à me faire payer ma double vie.

« Alors, qu'est-ce qu'on fait maintenant ?

— Je sais pas, tu m'en veux ?

— Non… j'aimais bien, nous deux, mais bon, ça ne pouvait pas durer comme ça indéfiniment… »

Il n'y avait pas d'animosité dans sa voix, pas de reproches, c'était juste un constat. Je m'étais senti encore plus mal. Elle avait fini son thé et reposé sa tasse sur la table basse.

« Je retourne me coucher. »

Elle l'avait dit mais n'avait pas bougé. J'avais allumé une clope pour gagner du temps et elle m'avait imité.

Nous avions fumé en silence.

« Je ne suis pas encore marié. »

Vraiment, vraiment minable.

Elle m'avait épargné tout commentaire.

Je m'étais levé et avais enfilé mon blouson. J'avais envie de disparaître sous terre. Elle ne disait rien. Je n'arrivais pas à deviner ce qu'elle pensait. Je n'avais aucune envie de partir, je prenais mon temps, espérant un geste d'elle qui me retienne. Elle m'avait suivi dans l'entrée. Je ne pouvais pas concevoir que les choses se terminent comme ça, dire salut et fermer la porte sur notre histoire.

« Mathilde, je… »

Elle m'avait regardé, dans l'attente d'une hypothétique suite. Je n'avais rien en stock. Comme je ne pouvais pas me contenter d'ânonner son nom sans fin, je l'avais prise dans mes bras et je l'avais embrassée, solution de facilité, soit, mais nous n'allions pas passer la nuit dans cette entrée à attendre que je sois plus inspiré. Mathilde avait accepté cette dérobade et nous étions retournés dans le canapé.

Nouvelle clope, et le silence toujours entre nous.

Sourires gênés.

Mathilde avait fini par nous tirer de ce mauvais pas.

« Tu aurais dû négocier des fiançailles, ça t'aurait fait gagner du temps. »

Elle avait dit ça sur le ton de la rigolade et j'avais

répondu sur le même mode, soulagé de ce retour à la légèreté.

« J'aurais gagné un an, c'est ça ?

— En théorie, oui. »

Nous avions encore un peu plaisanté sur le sujet, puis Mathilde avait proposé que nous allions nous coucher, puisque je n'étais pas encore marié, avait-elle ajouté avec un sourire.

Je ne m'étais pas fait prier.

Nous nous étions déshabillés, complètement, le poids de l'habitude. Elle s'était couchée et avait éteint sa lumière, sans rien dire de plus. Je l'avais imitée. Elle me tournait le dos. Je m'étais pelotonné tout contre elle, le visage dans sa nuque, respirant son parfum avec l'intime conviction que c'était la dernière fois. Je n'avais pas caché mon envie d'elle, mais elle n'avait pas esquissé un geste et je n'avais pas osé aller plus loin, l'imaginant sourire dans le noir de mes contradictions.

Partie II

Toutes les familles sont psychotiques[1]

1. Roman de Douglas Coupland.

Michel

J'ai raccroché le téléphone et suis resté à le regarder, comme s'il pouvait me fournir plus d'explications.

Solange.

J'ai composé son numéro pour lui annoncer la nouvelle, ma fille allait se marier, ne plus porter mon nom. J'ai deviné son sourire planqué derrière son silence, elle attendait mon commentaire sur ce supposé heureux événement. Nous n'étions pas mariés, Solange et moi, elle était contre et devait avoir raison, nous étions ensemble depuis quinze ans et aucun de mes trois mariages n'avait tenu aussi longtemps.

« Tu te rends compte, un type que je n'ai jamais rencontré !

— Ce n'est pas toi qui te maries avec…

— Je me demande comment il est.

— Beau, drôle et intelligent, bref, ton portrait craché.

— J'espère bien, je n'ai pas envie que mes gènes se mélangent n'importe comment ! »

Solange a ri.

« T'étais moins regardant pour tes propres mariages… »

Elle n'avait pas tort.

Christiane était un accident. S'il n'y avait pas eu Juliette, je l'aurais quittée bien avant de me marier, mais elle était tombée enceinte et je n'avais pas pu me défiler. Après, il y avait eu Monique, une hystérique avec qui j'avais goûté aux fruits de la passion en prenant ça pour de l'amour, et enfin, la douce Inès, ma dernière épouse, une femme qui souriait beaucoup, tout le temps, mais ne riait jamais, même quand j'en faisais des caisses pour la dérider.

Puis j'avais rencontré Solange. Nous travaillions pour le même laboratoire pharmaceutique et elle était tout ce que je n'avais jamais connu avec les autres, une personne avec qui je pouvais discuter, rire et faire la fête, une collègue qui embobinait les médecins aussi bien que moi, mieux même quand elle usait de ses charmes, et qui, à l'inverse, ne se laissait embobiner par personne, même pas par moi.

« Tu te souviens de notre première nuit à Djerba ?

— Pitié, pas de sentimentalisme parce que ta fille se marie ! »

Moi, je m'en souvenais dans les moindres détails. Nous animions ensemble un séminaire et la soirée s'était prolongée jusque très tard, jusque très alcoolisés, jusque très collés l'un à l'autre sur la plage, et très l'un dans l'autre dans ma chambre d'hôtel. Après, elle m'avait remercié et laissé en plan.

De retour à Paris, nous avions vécu dans une clandestinité intermittente, une soirée de temps en temps, quelques baisers, quelques caresses, des moments volés à Inès ou aux médecins dont nous étions censés nous occuper. C'était sans promesses, sans lendemain. Solange décidait de la manière dont notre relation évoluait, à quel tempo et vers quel horizon. J'avais suivi, agacé parfois de ses réticences, de ses principes d'indépendance, mais elle était sans conteste la femme la plus brillante que j'avais jamais connue, et j'avais accepté cette drôle d'histoire. Inès se rendait compte de mes absences, de mon éloignement, mais elle l'acceptait, calme et posée, à se demander si ça l'affectait. Elle avait abordé le sujet un soir au moment de nous coucher. J'avais nié d'abord, fuyant des explications pénibles et impossibles, puis j'avais tout déballé, presque par méchanceté, pour la provoquer et la voir, ne serait-ce qu'une fois, perdre son calme. Il ne s'était rien passé, elle avait acquiescé, posé quelques questions encore, puis elle s'était endormie et la vie avait continué, comme si de rien n'était. Solange s'était régalée de l'absurdité de cette situation et je m'étais rendu à son jugement, rester marié dans ces conditions n'avait aucun sens. J'avais demandé le divorce, espérant secrètement vivre ensuite avec Solange, ce qui n'était jamais arrivé.

« Non mais s'il ne me plaît pas ?

— Tu allumeras des cierges pour que Juliette change d'avis ou divorce…

— Solange, je suis sérieux…

— Tu sais bien que Juliette n'en fait toujours qu'à sa tête. »

Ma Juliette, aussi entêtée et volontaire que son père. Elle en avait fait baver à Solange et aux autres, elle les avait toutes combattues comme un vaillant soldat, jalouse et possessive, un vrai petit bout de femme qui me voulait pour elle seule. Elle était avec moi une semaine sur deux et elle exigeait son quota de temps et d'attention. Quel calvaire ça avait été avec Monique ! L'une boudait le pouce dans la bouche devant la télé, l'autre cassait des assiettes, des larmes plein les yeux, en hurlant des insanités. Je ne pouvais m'occuper d'aucune des deux sans déclencher de psychodrame et Monique avait gagné, j'avais délaissé

Juliette, l'abandonnant petit à petit à sa mère. Avec Inès, Juliette s'était régalée, elle l'avait emmerdée autant qu'elle avait pu, testant des limites qu'elle n'avait jamais trouvées. Solange avait été la plus habile, elle lui avait laissé la place qu'elle réclamait en ne vivant pas avec nous, ne s'était jamais positionnée en mère de substitution, avait cherché une voie plus amicale que filiale et même si elle n'avait pas été récompensée à la hauteur de ses efforts, Juliette avait fini par baisser les armes.

« Ça me fait drôle quand même, ma fille qui se marie ! Pourtant, avec tous tes longs discours…

— Ta fille a l'esprit de contradiction.

— On ne peut pas lui reprocher de vouloir se faire sa propre opinion.

— Il n'y a pas besoin de se marier pour avoir son idée sur la question. »

Christiane

J'ai reposé le téléphone sur son socle avec des gestes d'une lenteur exagérée. J'étais abasourdie. Je suis restée un moment encore immobile, à essayer d'intégrer cette information, ma fille allait se marier, et ce, avec un parfait inconnu. Je n'avais jamais entendu parler de ce Benjamin, même si elle avait affirmé le contraire sur ce ton agacé qui m'insupportait. Elle mentait.

Et est-ce qu'elle avait prévenu son père ? Évidemment, quelle question ! Elle l'avait appelé avant moi, il était très content pour elle, surtout qu'il aimait beaucoup Benjamin…

Je voulais le rencontrer moi aussi, mais elle ne savait pas quand ce serait possible. Je m'étais énervée, il n'était pas question que ce soit dans trois mois, six, voire le jour de la noce, je voulais le rencontrer maintenant. Je n'allais pas les laisser m'écarter, je les connaissais son père et elle, je voulais être de ce mariage, pas juste y assister en tant qu'invitée, à regarder mon ex-mari parader au bras de la mariée, j'étais sa mère, que ça leur plaise ou non. Elle avait haussé le ton à son tour et je m'étais tue, encaissant les mots durs et attendant qu'elle me raccroche au nez ou m'annonce que je ne serais même pas invitée. Elle en était capable, je le savais. Ça s'était terminé mieux que je ne le craignais. Elle m'avait proposé, à contrecœur, un restaurant avec Benjamin un soir en semaine, dix jours plus tard. J'aurais préféré qu'ils viennent déjeuner dimanche à la maison mais j'avais accepté.

Je me suis servi un verre pour fêter l'événement, whisky glace, j'avais besoin d'un remontant. Les souvenirs affluaient et la crise de cafard n'allait pas tarder.

Mon mariage avec Michel s'était organisé dans l'urgence quand nous avions découvert que j'étais enceinte. Nous étions très amoureux et j'étais la personne la plus heureuse au monde. Tout était rose bonbon. J'avais décroché la timbale, mon mari était celui que toutes auraient aimé avoir et il était avec moi, à moi. Le mariage n'avait pas été vraiment fêté, j'avais déjà le ventre rond et les parents avaient préféré que tout reste discret : pas de robe blanche, pas d'église, des vœux échangés à la sauvette devant un maire qui regardait mon ventre avec désapprobation, signatures sur le registre et félicitations du bout des lèvres. Moi, je me moquais de tout ça, je vivais dans ma bulle de bonheur et j'étais intouchable. Il n'y avait que Michel qui m'importait, mon Michel, mon Mimi, mon cœur.

Puis Juliette était née, notre princesse, le centre de la famille, notre famille. J'en avais plein la bouche de ce mot, j'étais si fière. Je n'étais plus une gamine, j'étais maman, ma mère n'était plus ma mère, c'était la grand-mère de Juliette. Je m'étais laissé entraîner dans le tourbillon des couches, des tétées, du ménage, des courses et de la cuisine avec ravissement.

J'ai terminé mon verre d'une traite pour me donner le courage de supporter la suite.

Alors que Juliette avait à peine un an, les déplacements professionnels de Michel étaient devenus de plus en plus fréquents. Je n'avais rien compris, rien vu venir. La vérité avait jailli un soir sans prévenir. Il s'était énervé pour une bêtise et les mots étaient partis, une autre femme dans sa vie, plus jolie et moins cruche, qui savait ce qu'était la pilule contraceptive et avait d'autres ambitions dans la vie que d'entretenir une maison.

Je n'avais jamais pu dépasser cette discussion.

Cette soirée avait marqué la fin de mon rêve, mon monde s'était disloqué, ma bulle de bonheur avait explosé. J'avais essayé de continuer comme avant mais plus rien n'avait de sens. J'étais paralysée, je ne pouvais plus bouger, plus voir personne, plus sortir, je ne faisais plus les courses et je ne promenais plus Juliette au parc, je restais chez moi, je pleurais, je traînais au lit, j'avais honte qu'il me trompe et peur qu'il me quitte. Je m'agrippais à Juliette pour ne pas sombrer, je ne supportais plus d'en être séparée. Je la prenais dans mon lit, dans mon bain, je la regardais jouer, dormir, pleurer, il ne me restait qu'elle et je ne voulais rien en perdre. Quand Michel rentrait, il disait que j'allais la rendre dingue à la coller comme ça, il la prenait dans ses bras et la faisait rire, me laissant seule et désespérée.

Puis, il y avait eu une accalmie. Michel s'était excusé tout en me demandant de comprendre pourquoi il avait eu envie d'aller voir ailleurs. J'avais essayé, vraiment, je voulais croire qu'il nous restait une chance. Je m'étais mise au régime, j'avais décoloré mes cheveux et appris à me maquiller. J'avais acheté des sous-vêtements sexy et m'étais efforcée de m'offrir avec l'enthousiasme de nos débuts. J'en avais la nausée, j'avais l'impression de me prostituer. J'y avais perdu mon amour-propre et n'y avais rien gagné. Rapidement, mon rouge à lèvres et mes porte-jarretelles n'avaient plus eu aucun effet. Il ne m'avait plus regardée, plus touchée, ou sans égard, pour assouvir des envies qui n'avaient rien à voir avec moi, parfois même avec l'odeur d'une autre encore présente sur sa peau. Je serrais les dents pendant, et je pleurais après quand il s'endormait.

Je me détestais, je l'aimais, il y avait Juliette.

Au bout de six ans, il m'avait achevée.

« Tu comprends, Christiane, cette fois c'est du sérieux, je suis amoureux comme je ne l'ai jamais été. »

Je l'avais aidé à préparer ses valises, espérant un geste, un regard, un regret même peut-être, mais il ne me voyait plus depuis longtemps déjà.

J'ai essuyé mes larmes et me suis servi un deuxième whisky glace.

Nicole

Quand Benjamin est arrivé, nous avons tout de suite senti, Paul et moi, que ça n'allait pas. Il était là sans être là, nous écoutait d'une oreille distraite et nous répondait au hasard. Il était ailleurs, préoccupé. Nous avons interrompu nos préparatifs le temps de prendre un café, et il a oublié de le boire. Quand je le lui ai fait remarquer, il l'a avalé d'un trait et n'a pas semblé se rendre compte qu'il était froid. Nous nous sommes remis au travail et il est resté dans nos jambes, dans la cuisine, à tourner en rond l'air embarrassé. Je lui ai proposé de laver la salade pour nous aider et il s'est attelé à la tâche, silencieux et appliqué. Je parlais pour meubler, en échangeant avec Paul des regards inquiets.

Benjamin était un garçon très secret. Il travaillait dans une médiathèque et vivait dans le Ve arrondissement de Paris, dans un appartement où il ne nous avait invités qu'une fois, quand il venait de s'y installer. Pour le reste, lui poser des questions ne servait à rien, il excellait dans l'art de les esquiver, et c'était comme ça depuis la crèche.

Enfant, il passait beaucoup de temps dans sa chambre, des après-midi entiers à inventer des univers sophistiqués dans lesquels ses personnages de Lego vivaient des aventures extraordinaires. Si nous l'interrogions sur ce qu'il faisait, il haussait les épaules et nous répondait juste « Je joue », sans plus de commentaires. Il ne cherchait pas la compagnie de son frère, de deux ans son aîné. Il leur arrivait d'être ensemble, mais rarement à son initiative. Ils étaient trop différents pour s'entendre vraiment. Bertrand était autoritaire et Benjamin l'acceptait, jusqu'au moment où ça l'embêtait, alors il le plantait là sans plus de manières. Il n'invitait pas non plus ses copains à la maison, il en avait mais il se déplaçait chez eux plutôt que le contraire, et quand nous lui demandions pourquoi, il nous répondait juste « Je préfère ».

Plus tard, il était passé des Lego aux livres, ce qui ne l'avait pas rendu plus bavard. Ma frustration avait encore augmenté. Je n'avais jamais réussi à me résigner à cette distance qu'il instaurait.

Nous avons terminé les préparatifs du repas et rejoint Benjamin qui s'était installé au salon après s'être occupé de la salade. Paul a proposé un apéritif en attendant Bertrand. L'apéritif en petit comité, c'était bien, inhabituel, et nous étions convenus en cuisine que ça pourrait aider Benjamin à parler. Paul a servi les verres dans un profond silence. Benjamin hésitait, je le savais, je le sentais, il nous avait tellement privés de confidences que nous avions appris à l'observer, à le deviner, à interpréter ses gestes et ses mimiques, comme sa manière, là, de se passer la main derrière la nuque quand il était embarrassé. J'avais en tête la remarque de Bertrand, la dernière fois que nous avions parlé de Benjamin, sur l'éventuelle homosexualité de son frère. Nous avions d'abord écarté cette idée avec assurance, mais après réflexion, nous avions dû admettre que c'était une possibilité. Aujourd'hui, j'étais prête à l'entendre, prête à l'accepter, n'importe quoi plutôt que de subir ce mutisme accablant.

La conversation a démarré en terrain neutre, sur le travail de Benjamin qui, très vite, a renvoyé la balle vers celui de son père. Bertrand n'allait pas tarder à arriver. Je me suis jetée à l'eau en demandant s'il y avait quelque chose dont il souhaitait nous parler. Il s'est passé la main derrière la nuque, a ouvert la bouche, et le carillon de la porte d'entrée a retenti, puis les cris de nos trois petites-filles qui cherchaient leur papi et leur mamie.

L'instant était passé.

Le repas s'est déroulé dans la bonne humeur exubérante de Bertrand et les piaillements incessants des petites. Benjamin s'occupait davantage de ses nièces que de nous, il en avait une de chaque côté, à leur demande expresse, comme d'habitude. Il s'occupait d'elles, les faisait manger, leur racontait des histoires et les chatouillait. Ils sont sortis de table ensemble à peine le dessert avalé, comme s'il était plus à l'aise dans leur monde, comme s'il nous fuyait, encore et toujours.

J'étais triste et envieuse.

Je n'arrivais pas à renoncer à la complicité que j'aurais aimé avoir avec ce fils que je devinais si tendre, si doux, si sensible. Je n'avais pas su lui inspirer la confiance nécessaire, pas su lui parler, et le fossé s'était creusé, de plus en plus large, de plus en plus profond, au point qu'aujourd'hui, il ne pouvait plus le traverser pour me parler quand quelque chose le tracassait.

Nos regards se sont croisés et il m'a offert un sourire radieux, de ceux qui suffisaient à me réchauffer, et plus tard, alors que je faisais la vaisselle dans la cuisine, il est venu, m'a prise dans ses bras, m'a embrassée et m'a dit à l'oreille de ne pas m'inquiéter. Bertrand est arrivé et s'est moqué de son frère qui, à presque trente ans, était encore dans les jupes de sa mère.

Nous avons accompagné Benjamin à la gare et insisté pour attendre avec lui le train, annoncé dix minutes plus tard. C'était notre dernière chance de découvrir ce qui le tourmentait, mais maintenant que nous étions sur le quai, son père et lui gaspillaient le temps restant en commentant les exploits d'un jeune joueur de tennis. Ces prouesses sportives ne m'intéressaient pas, je voulais savoir ce qu'il y avait dans la vie et dans la tête de mon fils. Puis le RER est arrivé. Benjamin nous a adressé un dernier signe de derrière les fenêtres, j'avais les mâchoires crispées, mais je souriais quand même.

Juliette

Je lui ai raccroché au nez.

J'avais pourtant été claire lorsqu'il était rentré de chez ses parents le samedi précédent. Il avait une semaine, pas un jour de plus, et je ne voulais plus entendre parler de lui tant qu'il ne leur aurait pas parlé. Je ne comprenais pas. Pourquoi était-ce si difficile de leur dire ? Ses névroses familiales ne constituaient pas une excuse valable. Est-ce que je la ramenais, moi, avec ma mère dépressive et mon père égocentrique ?

« Et gnagnagna, j'attends le moment propice, et gnagnagna, je veux les ménager. »

Les ménager de quoi ? C'était une bonne nouvelle ! Dans sa bouche, ça sonnait comme l'annonce d'une maladie grave ou l'aveu d'un truc honteux. Les ménager, non mais n'importe quoi ! Est-ce qu'il me ménageait, moi ? Et mon père qui nous attendait chez lui le lendemain pour dîner ! Pas question pour moi d'y aller seule et de me retrouver coincée entre mon père et Solange, qui mènerait l'enquête dans l'espoir de découvrir un vilain pot aux roses.

« Mais qu'est-ce qui s'est passé ? Pourquoi Benjamin n'est pas là ? T'es sûre qu'il est prêt à se marier ? Vous êtes si jeunes… »

Comme si l'âge avait quelque chose à voir ! Solange, ses discours MLF à la con et ses théories sur l'épanouissement personnel, c'était ma croix depuis que j'avais douze ans. Qu'est-ce qu'elle avait pu me saouler !

« Ma petite Juliette, tu ne dois jamais compter sur les autres pour être heureuse. Ton bonheur, tu dois le construire, le trouver, il est en toi, comme en chacun de nous. Il faut que tu sois à l'écoute de tes envies, pas celles qui sont en surface, non, tu dois puiser au plus profond de toi, chercher, trier, sentir dans tes tripes mais aussi comprendre avec ta tête. Tu peux me parler, Juliette, je ne suis pas ta mère, je pourrais être ton amie, ta confidente. »

Je ne lui avais jamais rien confié et j'avais tout tenté pour que mon père la quitte, comme les autres.

Petite, je ne comprenais pas qui était cette femme qui apparaissait et disparaissait sans cesse. Au début, je croyais qu'elle avait un mari et qu'elle venait chez nous en cachette, comme mon père quand il était marié avec Inès et que nous passions chez Laurence la plupart de nos mercredis après-midi. Je n'y étais pas du tout. Solange aurait pu vivre avec mon père, mais elle ne le souhaitait pas. Elle préférait avoir le beurre et l'argent du beurre, les parties de jambes en l'air sans le quotidien et ses contraintes. Elle prenait tout l'amour dont mon père débordait pour elle et ne lui en distribuait que quelques miettes, tout ça au nom de son indépendance chérie, son plus grand trésor. Combien de fois avait-elle tenu à m'expliquer sa conception de la relation amoureuse ? Dix fois ? Cent fois ? Je me souvenais de ces fins de repas où elle partait dans d'interminables tirades sur l'amour, le couple, l'altérité, le respect, l'indépendance et la liberté, tout un baratin qui subjuguait mon père et débouchait sur d'accablantes séances d'autocongratulation à propos de leur formidable relation…

La seule chose appréciable dans tout ce fatras, c'est qu'elle n'était pas tout le temps chez nous et que je profitais de soirées en tête à tête avec mon père. Parfois, je sortais le grand jeu, je préparais des pâtes, je mettais une nappe, j'allumais des bougies et je lui ouvrais une bouteille de vin. Quand il rentrait, son visage s'illuminait. J'étais sa princesse pendant toute la soirée. Nous n'allumions pas la télé, il me racontait des histoires. Je ne le quittais pas des yeux, je buvais ses paroles, je riais, je savourais ces soirées et lui pardonnais presque celles où il m'abandonnait, quand il dormait chez elle. Il était censé ne pas le faire les semaines où j'étais là, mais les années passant, cette règle s'était relâchée.

J'ai composé le numéro de mon père en espérant tomber sur sa messagerie.

« Allô ? »

Raté, je n'avais plus qu'à débiter mon mensonge, une méchante angine pour Benjamin et un rôle de copine attentionnée ne voulant surtout pas déserter son chevet pour moi. Mon père était déçu, je ne l'étais pas moins. Solange a proposé de passer nous voir à la place, ils pouvaient apporter de quoi boire et manger.

De quoi se mêlait-elle ?

J'ai pris un malin plaisir à répondre que je trouvais débile de rencontrer Benjamin dans ces circonstances. Mon père n'a pas insisté et nous avons reporté au samedi suivant. J'espérais que Benjamin aurait, d'ici là, parlé à ses parents.

Mon père a voulu savoir si nous avions commencé à nous occuper des formalités. Je suis restée évasive, je ne pouvais pas lui dire que ce n'était pas ma préoccupation du moment puisque j'attendais de savoir si le futur marié allait ou non déclarer forfait.

« Et vous pensez vous marier à l'église ?

— Ça a quand même plus d'allure, non ? »

Mon père s'est mis à rire, un rire moqueur... Qu'est-ce que j'en savais moi si nous devions passer à l'église ou non. Il pouvait bien se marrer, lui, c'étaient ses bonnes femmes qui avaient toujours tout décidé à sa place !

« Ah ! ma Juju, tu me ressembles tellement ! »

Mon agressivité s'est volatilisée.

J'ai raccroché et je me suis retrouvée seule face à l'absence de Benjamin. Pourquoi ne me rappelait-il pas ? J'ai eu une pensée pour ma mère avec qui nous devions dîner mardi. Quatre jours... Je n'avais pas le courage de l'appeler, d'affronter ses silences pesants, ses sous-entendus paranoïaques, ses phrases culpabilisantes et ses larmes, je préférais miser sur ma bonne étoile et penser que je n'aurais pas à annuler.

Benjamin

Je me suis raclé la gorge avant de me lancer.

« Maman, j'ai quelque chose à te dire. »

Ma voix était trop hésitante, je devais être plus affirmatif, moins timoré. J'avais vingt-huit ans et j'étais un grand garçon. J'ai repris avec plus de force et de conviction.

« Voilà, depuis quelque temps, je fréquente une jeune fille et… »

Je fréquente une jeune fille… pourquoi pas une jeune et belle damoiselle dont les charmes n'ont d'égal que l'heureux tempérament !

« J'ai une copine depuis quelque temps et elle m'a demandé… »

Non, ça donnait l'impression que je n'adhérais pas au projet et ma mère ne devait déceler en moi aucun doute de ce genre.

« J'ai une copine depuis quelque temps et nous avons décidé de nous marier. »

Pas assez de sentiments et d'enthousiasme, sans compter que ma mère tiquerait sur ce « quelque temps » qui résonnerait en nombre de jours où je lui aurais tenu cette relation cachée.

« Je suis fou amoureux de la fille avec qui je sors et nous avons décidé de nous marier. »

Trop, ça risquait de l'inquiéter.

« J'ai une copine, je suis très heureux avec elle, et nous avons décidé de nous marier. »

Ça c'était bien, sobre et mesuré.

« Maman, j'ai quelque chose à te dire, j'ai une copine, je suis très heureux avec elle, et nous avons décidé de nous marier. »

Cinq secondes, pas de quoi en faire tout un plat.

Et si je leur envoyais un mail, un joli poème en guise de faire-part ? Ils m'appelleraient dès qu'ils le recevraient et je n'aurais plus qu'à répondre à leurs questions. Non, l'idée était tentante mais je ne pouvais pas, le téléphone était le seul compromis possible si de visu je n'en étais pas capable. J'ai imaginé leurs regards braqués sur moi, la main de ma mère dans celle de mon père, leurs visages inquiets… de visu, je n'en étais définitivement pas capable.

Je me suis octroyé une dernière cigarette avant de les appeler, me demandant si je ne devrais pas profiter de cette occasion pour leur avouer que je fumais. C'était une bonne chose que Juliette m'oblige ainsi, il y avait tant de secrets entre mes parents et moi, d'encombrants non-dits dont je ne connaissais plus la cause depuis longtemps et de distance pour protéger des petits riens…

J'ai composé leur numéro et la voix enjouée de ma mère a résonné à mes oreilles. Une soudaine paralysie m'a envahi, mes mains étaient moites, ma bouche entrouverte pour répondre le « C'est moi » de circonstance, mais le temps était suspendu et rien ne se passait. Ma mère a émis un second allô, moins enjoué et plus circonspect. De mon côté, aucune évolution à signaler. Une ribambelle de phrases se bousculaient dans ma tête, avec une très nette dominance des deux suivantes : « C'est moi » et « J'ai quelque chose à te dire », mais elles tournaient sans trouver la sortie. Au troisième allô de ma mère, teinté d'impatience, j'ai raccroché, conscient du ridicule de la situation. Je me suis accordé une heure de répit avant la prochaine tentative.

« Allô ?

— Oui, Maman, c'est moi. »

Ça allait beaucoup mieux après deux bières.

« Ah ! Benjamin, c'est toi qui as appelé tout à l'heure ? »

Je me suis senti rougir, pris la main dans le sac.

« Tout à l'heure ? Non…

— T'es sûr ? Quelqu'un a appelé et raccroché sans rien dire… »

J'ai paniqué, me demandant, un peu tard, s'il n'y avait pas un service France Télécom permettant de connaître le numéro du dernier appelant.

« Bon, peu importe, mon chéri, comment tu vas ?

— J'ai…

— Attends deux secondes, ton père me dit quelque chose…

— …

— Oui, tu disais ? »

Mon courage m'avait lâché. Il n'était pas vaillant, il n'avait pas supporté le contretemps. J'ai demandé des nouvelles de toute la famille alors que je les avais vus une semaine plus tôt, et ma mère a bifurqué sur leur visite de la veille chez ma grand-mère. Je n'écoutais pas vraiment, je m'en voulais, je me sentais nul, c'était foutu ! Et qu'est-ce que j'allais dire à Juliette ?

« Tu m'écoutes, Benjamin ?

— Oui, bien sûr…

— Tu viendras alors, ça lui ferait tellement plaisir. »

Je ne savais pas de quoi elle me parlait, mais je m'en suis sorti en lui demandant de m'envoyer un mail pour être certain de ne pas oublier.

« Oui, je t'embrasse, Maman, ça m'a fait plaisir, embrasse Papa. »

J'avais envie de voir Juliette, de la serrer contre moi, de la laisser m'étourdir de son flot intarissable de paroles. Une semaine sans elle, loin d'elle, et je redevenais le Benjamin d'avant, l'ennui et la déprime rôdaient autour de moi, je me sentais vide. J'ai décidé de lui offrir ce qu'elle attendait, le temps de puiser des forces dans son énergie, sa foi et sa volonté, et après ? Après, j'y arriverais…

« Ça y est, j'ai parlé à mes parents ! »

Merci les SMS, je n'aurais jamais pu proférer ce mensonge à haute voix. Mon téléphone a sonné trente secondes plus tard, mon cœur battait un peu plus vite que d'habitude quand j'ai décroché, je souriais, Juliette était de retour.

Christiane

Je suis arrivée trop tôt. C'était ridicule mais je craignais tellement de me perdre et d'être en retard que j'avais pris mes précautions en attrapant le RER de cinq heures et demie, deux heures avant le rendez-vous.

« N'importe quoi ! », m'a dit Juliette en guise de bonjour quand j'ai sonné chez elle à sept heures moins le quart. J'avais pourtant traîné, bu un verre dans la brasserie en bas de chez elle pour ne pas arriver trop trop tôt, mais j'aurais dû attendre plus longtemps encore.

« Ça se fait pas d'arriver avec autant d'avance ! C'est pas parce que tu t'ennuies chez toi que c'est le cas de tout le monde, figure-toi, regarde le bazar et puis je dois sortir acheter des trucs et… »

Pour couper court, je lui ai demandé de m'indiquer où était le supermarché, je pouvais m'occuper des courses à sa place. J'y suis allée en marchant lentement, puis j'ai déambulé dans les rayons, fruits et légumes, boucherie, charcuterie, produits laitiers, conserves, épicerie salée, sucrée, petit déjeuner, boissons, produits d'hygiène, d'entretien, bio, bébés, animaux, avant de me consacrer à ses achats : cacahuètes, tomates cerises et bières.

À mon retour, elle était plus calme mais ça n'a pas duré. Benjamin a appelé pour prévenir qu'il serait en retard et il n'en a pas fallu plus pour relancer sa mauvaise humeur. Nous étions accusés de vouloir lui gâcher sa soirée…

J'ai eu le malheur de lui conseiller de se calmer.

J'étais qui pour lui dire ça ?

Sa mère.

Elle a haussé les épaules.

Ensuite, elle m'a plus ou moins ignorée. J'étais dans le salon et je tentais d'instaurer un semblant de conversation, mais elle allait et venait, égrenant quelques réponses monosyllabiques entre deux allers-retours vers la cuisine. J'ai abandonné et suis allée dans la salle de bains me rafraîchir.

Benjamin est arrivé.

J'ai tendu l'oreille pour capter quelques bribes de leur intimité. Il a eu droit à des remarques sur son retard dont il s'est justifié, avec tranquillité. Des chuchotements ont suivi, puis le rire de Juliette.

Je suis revenue au salon.

« Maman, voici l'homme de ma vie ! Asseyez-vous, asseyez-vous, vous n'allez pas rester plantés comme ça. Benjamin, qu'est-ce que je te sers ? Bière, j'en étais sûre. Maman, whisky glace, comme d'habitude ? Tu vas être contente, c'est du très bon whisky, tu m'en diras des nouvelles ! Non, non, non, je n'ai pas besoin d'aide. Restez là, j'en ai pour une seconde. Alors, Benjamin, ta journée s'est bien passée ? T'as l'air un peu fatigué. Est-ce que t'aimes les sushis, Maman ? Y a un super-restau japonais en bas. Benjamin, je te demande pas, je sais que tu l'adores… »

Je la trouvais maintenant trop excitée, mais c'était toujours mieux que lorsqu'elle était boudeuse, renfrognée, en colère ou énervée, et le whisky était excellent.

Nous sommes descendus au restaurant et j'ai abordé le sujet de leur mariage entre deux morceaux de saumon.

« Alors, qui a demandé la main de l'autre ? »

C'était Juliette.

« Ah ! tiens, ce n'est pas courant ! Enfin, à votre époque peut-être, mais à la mienne, ça aurait été difficile à imaginer. Remarquez, Michel et moi n'avons pas eu à nous poser la question, Juliette a précipité les choses. Et alors, comment avez-vous réagi, Benjamin ? »

J'ai senti une hésitation dans sa réponse.

« J'ai été surpris, il m'a fallu un temps de réflexion…

— Quelques heures seulement !

— Oui, et maintenant je suis très content. »

Le visage de Juliette s'est illuminé.

« Je vous souhaite beaucoup de bonheur ! Et un peu de chance aussi, c'est si difficile le mariage…

— Ça dépend peut-être des mariages…

— C'est vrai qu'avec son père, je n'ai pas eu de chance.

— Arrête ça, Maman !

— Enfin… vous m'avez l'air d'un gentil garçon, vous…

— Tu peux le tutoyer, tu sais.

— Et quand est-ce que vous allez emménager ensemble ?

— Nous n'en avons pas encore parlé… »

Un silence a suivi. Juliette regardait Benjamin comme si elle essayait de pénétrer ses pensées, tandis que lui se battait avec un grain de riz récalcitrant.

« Peut-être que vous auriez dû essayer de vivre ensemble avant de décider de vous marier… c'est vrai, on sait jamais, ça peut mal se passer.

— Dans ce cas, on restera chacun dans notre appartement et puis c'est tout !

— Ça n'a aucun sens d'être mariés sans vivre ensemble.

— Papa et Solange vivent bien comme ça depuis quinze ans.

— Ils ne sont pas mariés, je te ferai remarquer, et depuis quand tu prends Solange en exemple ?

— Je ne la prends pas en exemple, je dis juste que c'est possible.

— Possible quand on n'est pas vraiment amoureux, sinon on vit ensemble.

— Putain, Maman, t'es lourde, je vais me marier et tout ce que tu trouves à dire, c'est que ça pourrait foirer, tu me fais chier là, vraiment chier ! »

Les larmes me sont montées aux yeux. J'ai attrapé un bidule entouré d'une algue, me concentrant sur mes baguettes pour ne pas le perdre entre la sauce et ma bouche. Il est tombé, projetant quelques gouttes brunes sur mon pull. Je suis restée calme. Benjamin m'a tendu une serviette en papier dans un silence gêné. J'ai pris mon temps pour étaler la tache, m'obstinant à frotter tout en regroupant comme je pouvais mes idées.

« Et sinon, vous faites quoi dans la vie, Benjamin ? »

Solange

Je me régalais à l'avance de cette soirée.

Au programme de notre dîner d'apparat : foie gras aux figues, noix de saint-jacques au whisky, plateau de fromages et assortiment de mignardises acheté chez le meilleur pâtissier de la ville. J'avais choisi le menu, fait les courses et tout préparé plus tôt dans la journée, tandis que Michel s'était chargé de choisir les vins parmi les plus chers de son caviste. Si le futur gendre n'en avait pas plein les mirettes, c'est que nous avions affaire à un blasé de la pire espèce. J'avais hâte de le rencontrer. Je me demandais comment il était, un gentil garçon écrabouillé par l'impétueuse Juliette ou un plus fort qu'elle, plus caractériel encore, qui arrivait à la dompter et à la soumettre… J'avais du mal à imaginer Juliette dans une relation qui ne soit pas régie par la force et la domination, à tort peut-être.

J'ai choisi une robe noire, classe et décolletée, pour être à la hauteur de l'événement. Je me suis maquillée, masquant les ridules les moins marquées, allongeant mes cils fournis et appliquant sans modération un gloss qui me dessinait des lèvres gourmandes et sucrées. J'adorais ce truc d'adolescente. Je me suis aspergée de Chanel *N°19* et j'ai enfilé mon collier fétiche, celui dont le pendentif venait se loger entre mes seins dopés au Wonderbra.

Quand je suis arrivée chez Michel, il se pomponnait à l'étage. J'ai jeté un œil dans la véranda. Je lui avais laissé la table à dresser quand j'étais rentrée chez moi pour me préparer, et il s'était joliment acquitté de sa tâche. Je l'ai rejoint dans la salle de bains et l'ai surpris en train de couper les poils qui commençaient à lui envahir les oreilles. Il s'est interrompu quand il m'a aperçue dans le miroir et ses yeux sont très vite passés de mon visage à mon pendentif. Il m'a susurré qu'il aurait aimé avoir plus de temps pour me faire regretter cette tenue d'aguicheuse, et je lui ai caressé le derrière en lui conseillant de ne pas rester à poil s'il ne voulait pas qu'il lui arrive des bricoles.

Juliette et Benjamin sont arrivés un quart d'heure plus tard. Les présentations effectuées, Michel a donné le ton en ouvrant une bouteille de champagne à la santé des futurs mariés et en se fendant d'un discours faussement improvisé. Juliette était resplendissante, comme toujours quand son père la mettait ainsi au centre de son univers. Elle n'en avait décidément pas fini avec Œdipe, mais la psychanalyse étant ce soir de notre côté, Juliette était enjouée, drôle, espiègle, aimable, même avec moi, elle avait des gestes gentils pour Benjamin, un baiser par-ci, une caresse par-là, elle soignait l'image de son couple et de son bonheur, comme pour nous narguer, comme si nous en étions là.

Pauvre Juliette.

Je me tenais en retrait, j'observais, tout comme Benjamin qui écoutait et souriait, discret. Difficile de deviner ce qui se passait derrière sa tranquille apparence. Il appuyait les dires de Juliette en hochant la tête et en ajoutant des « c'est vrai », « je crois », « j'espère » qui relançaient à intervalles réguliers Juliette et Michel dans leur numéro de duettistes. J'ai engagé la conversation avec lui, en douceur, un intérêt poli, des questions simples, pas trop personnelles, sur son travail, ses études, son quartier, mais je n'ai obtenu que des réponses brèves, comme s'il avait la flemme de développer. Il m'écoutait, me répondait, mais gardait une oreille attentive à ce qui se disait à côté.

« Elle est arrivée à six heures ! Franchement, ça se fait pas ! Tu te vois, toi, te pointer comme ça, au milieu de l'après-midi, chez quelqu'un avec qui t'as rendez-vous pour dîner ! »

Juliette en rajoutait, insupportable de méchanceté, prête à dénigrer sa mère juste pour amuser la galerie. J'ai décidé de prendre la défense de Christiane. C'était une femme que je ne tenais pas en très haute estime et qui en faisait baver à Juliette, mais c'était avant tout une femme brisée qui ne méritait pas, en plus du reste, d'être ainsi massacrée par sa fille.

« Tu pourrais manifester un peu plus d'empathie, Juliette. Ça doit être difficile pour ta mère, ton mariage la renvoie sans doute au sien… »

J'ai savouré le silence qui a suivi.

Michel allait-il me soutenir ?

Juliette allait-elle me sauter à la gorge ?

Suspense…

J'ai retenu le sourire qui me chatouillait les zygomatiques et j'ai enfoncé le clou avant que quiconque ait le temps de reprendre la parole.

« Sans compter qu'elle doit être très stressée à l'idée de revoir Michel après toutes ces années… »

Toujours rien ?

J'ai passé ma main dans le dos de Michel, un geste déloyal d'une efficacité remarquable.

« Oui, c'est vrai, cette pauvre Christiane. »

Juliette m'a fusillée du regard, son cher papa venait

de la désavouer à cause de moi. J'ai profité de cet avantage pour rééquilibrer la discussion, du duo au quatuor, sous la direction de Solange Grenier. J'étais le nouveau chef d'orchestre, je choisissais et lançais les thèmes en m'appuyant sur Michel, toujours premier violon de notre ensemble un peu baroque. Juliette tentait de revenir sur le devant de la scène mais je la contenais, et forçais Benjamin, à l'inverse, à quitter son rôle de spectateur.

Nous sommes passés à table et Michel a apporté les assiettes de foie gras, joliment préparées avec quelques feuilles de salade et un filet de vinaigre balsamique. Juliette était aux anges, c'était délicieux. Ensuite Michel est allé s'activer en cuisine pour mettre la touche finale aux saint-jacques selon mes recommandations de l'après-midi. Je ne bougeais pas de ma chaise, je m'exclamais, laissant croire à Juliette que pour elle son père s'était transformé en un incroyable amphitryon. Michel me l'avait demandé et j'avais accepté, encore une fois, de jouer cette comédie pour lui.

Juliette

Je souriais béatement malgré mon mal de tête et ma bouche pâteuse. Je repoussais le moment de me lever, de m'extraire de la chaleur du lit. Je pensais à la soirée de la veille, j'avais adoré. J'observais mon futur mari, il dormait, paisible, la bouche entrouverte. Il ne ronflait pas, il ne ronflait jamais. Mon père nous avait reçus comme des rois, petits plats dans les grands tout en assurant une ambiance bon enfant. Il s'était vraiment décarcassé pour cette soirée. Benjamin, lui, s'était montré égal à lui-même, intrigante réserve et sourires éclairs. Solange avait été séduite, aucun doute, je la connaissais et j'avais remarqué ses tentatives d'approche, ses questions en aparté et ses gestes prévenants. Pas de chance pour elle, il était resté gentiment distant, il était là pour moi, pour mon père, et non pour elle.

Ceci dit, je la comprenais, j'avais moi aussi été charmée quand j'avais rencontré Benjamin. À l'époque, je sortais avec Guillaume et il avait organisé un pique-nique au Parc Floral, à Vincennes, pour que je fasse connaissance avec son copain d'enfance. La veille, il m'avait retracé leur biographie dans les moindres détails, grand déballage de souvenirs, j'avais eu droit à leurs histoires de cours de récré, de mobylettes trafiquées, de filles, leurs vacances aux Sables-d'Olonne, ah ! les Sables-d'Olonne, ils y avaient perdu leur virginité la même nuit avec des sœurs jumelles… Benjamin était arrivé en retard, désolé, avec de quoi préparer des sandwiches club en triangle parce que c'était comme ça qu'il les préférait, des chips à l'ancienne avec les stries pour l'authenticité, une bouteille de vin rouge sans tire-bouchon et son air de venir tout droit de la lune. Comment résister ?

Cette première journée avait été suivie de bien d'autres, Benjamin étant toujours invité à se joindre à nous pour les soirées, les cinés, les restaurants, et même les après-midi de farniente. La question ne se posait pas, nous étions ensemble et il était là. Chacun de nous avait sa place, et moi qui entretenais souvent des rapports difficiles avec les gens, âpres, rugueux, je me sentais incroyablement tranquille avec eux, bien, presque heureuse.

Hélas ! cette belle entente n'avait pas duré. Les engueulades avec Guillaume s'étaient multipliées, trop d'incompréhension, trop de soirées de cauchemar au cours desquelles il disparaissait pour fumer des pétards sans me prévenir ou jouait les beaux gosses auprès de pétasses sous mon nez. Il ne s'occupait pas de moi, m'oubliait et s'étonnait ensuite de ma mauvaise humeur, incapable de comprendre que j'avais besoin d'un peu plus d'attention et de respect. Il me rendait folle et le ton montait. Benjamin essayait de parler à l'un, à l'autre, sans grand succès. Ma jalousie enflait, j'aiguisais mes armes, je piquais, je mordais, j'essayais de blesser, je souffrais, mais Guillaume ne comprenait rien, il se débattait, se rebellait et cognait. J'avais fui avant qu'il ne soit trop tard.

Si j'avais présenté Guillaume à ma famille, il n'aurait pas eu le même accueil de la part des uns et des autres. Il aurait plu à mon père, sans aucun doute, plus que Benjamin, même. Ils seraient devenus copains, se seraient tutoyés, auraient rivalisé dans tous les domaines, blagues, séduction, décibels, et m'auraient oubliée, trop occupés à se taper dans le dos. Je n'aurais pas aimé et Solange non plus. Elle l'aurait classé dans la catégorie des petits cons arrogants, l'aurait pris de haut, agacée de devoir supporter mon père retombant en adolescence. Elle m'aurait mise en garde, me prédisant beaucoup de peine et de frustration avec ce garçon. J'aurais défendu Guillaume, bien sûr, répondant noir quand Solange disait blanc, mais son venin aurait cheminé en moi, d'autant qu'elle aurait eu raison. Quant à ma mère, elle aurait été très mal à l'aise avec Guillaume, elle se serait renfermée, n'aurait pas su comment réagir à sa continuelle ironie, elle m'aurait téléphoné avec son stock de larmes prêt à être déversé, avec des : « Pourquoi il se permet de me parler comme ça ? J'en ai marre, Juliette, tu sais, parfois j'envisage le pire, et pourquoi tu le laisses me manquer à ce point de respect ? » Je préférais ne pas y penser.

J'ai regardé Benjamin, j'avais l'impression qu'il me souriait. Je nous ai imaginés vivant dans le même appartement, ensemble jour après jour, année après année, sans surprises, sans envie parfois peut-être… plus aucune possibilité de claquer la porte, de me fâcher – comment se fâcher quand on est obligé de partager la même couette ? –, plus de jardin secret, de tartine de mayonnaise au goûter, plus de soirées de débauche avec Jimmy, plus de refuge pour les moments de nécessaire solitude. Pourtant, je voulais choisir avec lui un appartement, organiser notre déménagement, acheter des tapis et des miroirs chez Ikea, nous chamailler sur les couleurs, faire l'amour dans toutes les pièces de notre nouveau nid, la chambre, le salon, la cuisine et la salle de bains, dans la douche ou sur la machine à laver, machine à laver dans laquelle se mélangeraient mes culottes et ses caleçons, symbole suprême de notre union.

Je me suis levée, décidée à préparer le petit déjeuner du siècle à Benjamin dès que j'aurais vaincu mon mal de tête.

Le téléphone a sonné, me vrillant les tympans et le cerveau. Insupportable. J'ai décroché à la deuxième sonnerie. Je n'étais pas chez moi mais puisque nous étions sur le point de nous marier et peut-être de vivre ensemble… Je n'ai pas regretté ce geste, très instructif, et pas seulement pour moi. Benjamin est sorti de la chambre, la mine paniquée, et il m'a arraché le combiné. Je l'ai insulté, il est resté muet. J'ai quitté l'appartement en claquant la porte. Heureusement, j'avais encore un refuge où je pouvais dormir seule sous ma couette, comment avais-je pu envisager d'y renoncer !

Paul

J'étais dans le jardin à essayer de remettre en état ma tondeuse lorsque Nicole est apparue à la fenêtre de notre chambre, criant et gesticulant, le visage écarlate et les yeux trop brillants. J'ai senti un grand vide en moi. Je ne comprenais rien de ce qu'elle disait, juste qu'il s'agissait de Benjamin. Un vent de catastrophe a traversé la pelouse, me fonçant droit dessus. La panique me gagnait. Je continuais de brosser la bougie de la tondeuse, sans même y penser. Nicole ne se mettait pas dans cet état pour rien, ce n'était pas son genre, j'avais la chance d'avoir une femme posée, pas une hystérique comme celle de mon frère, ça devait donc être grave. C'était forcément grave. Je prenais avec précaution les bribes d'explication qui me parvenaient.

« … j'ai appelé Benjamin et… »

Elle m'avait dit le matin au petit déjeuner qu'elle allait lui passer un coup de fil. Elle s'inquiétait. Il était si étrange la dernière fois qu'il était venu, et aussi le week-end dernier quand il avait téléphoné, ce qui en soi était bizarre car il ne nous appelait jamais.

« … parlé avec une jeune femme… »

Je n'étais plus sûr d'avoir bien compris qui avait appelé qui. J'imaginais une infirmière dans un hôpital, au service des urgences, fouillant dans les affaires de Benjamin pour trouver qui joindre en cas d'accident.

J'ai ressenti le besoin de m'asseoir. Je ne voulais pas connaître la suite, je la devinais trop bien.

« … une certaine Juliette… »

Nous ne connaissions aucune Juliette, j'avais beau fouiller dans mes souvenirs, ce prénom ne m'évoquait rien. Je l'associais à Benjamin pour voir si cela déclenchait une réaction, Benjamin et Juliette, Juliette et Benjamin, non, rien.

« … rien compris de ce qu'elle me disait… »

Un peu comme moi en cet instant. Je me suis forcé à reprendre mon calme.

« … Benjamin a pris le téléphone… »

J'ai fermé les yeux, merci Seigneur, mon fils n'était ni mort ni dans le coma. Je me suis relevé, je m'étais affolé à tort, comme souvent, mais je n'y pouvais rien, le pire s'imposait toujours à moi.

« … mille et une précautions pour m'annoncer la nouvelle… »

Il était homosexuel, son frère avait raison. Mais que venait alors faire cette Juliette dans l'histoire ?

À moins que cette fille ne soit enceinte de lui et…

« … se marier avec Juliette… »

Et il avait décidé d'assumer, je le reconnaissais là. Mes garçons étaient bien éduqués, ils avaient le sens des responsabilités. Je me suis autorisé une bouffée de fierté.

« … quand est-ce qu'il comptait nous en parler ? »

Le ton de Nicole était monté d'un cran dans les aigus. Elle s'est tue. Benjamin ne lui parlait pas assez, c'était une de ses grandes contrariétés.

« J'ai peur que Benjamin fasse une énorme bêtise… »

Pourquoi ? J'étais perdu. Je lui ai fait signe de descendre pour que nous puissions discuter plus à l'aise.

Elle s'est assise sur le muret qui bordait l'allée du garage. Je l'ai imitée. Comme elle ne disait rien, j'ai passé mon bras autour de ses épaules et j'ai tenté de la réconforter.

« C'est quand même bien qu'il ne soit plus seul… et avec une femme, contrairement à ce que son frère nous avait mis en tête. Notre propre mariage est un des plus beaux jours de notre vie, il n'y a aucune raison pour que ce ne soit pas pareil pour lui !

— Je ne t'ai pas tout dit. Juliette est partie en criant à Benjamin d'aller se faire foutre… elle l'a dit comme ça, avec ces mots-là.

— Elle t'a annoncé qu'ils se mariaient et dans la seconde suivante elle l'a insulté ? »

Elle a repris du début et j'ai pu recoller les morceaux. Elle avait appelé Benjamin et était tombée sur Juliette qui lui avait déclaré être ravie d'avoir ainsi l'occasion de faire sa connaissance. Ma femme avait demandé à qui elle avait l'honneur de parler et quelque chose s'était figé dans la discussion. Juliette s'était présentée et avait demandé d'une petite voix si Benjamin avait jamais parlé d'elle. D'après Nicole, il y avait presque de la supplication dans la question, mais elle ne pouvait pas lui mentir, elle avait répondu que non. Ne voulant pas mettre Benjamin en porte-à-faux, elle avait ajouté qu'il était toujours très discret et qu'il n'en avait sans doute pas encore eu l'occasion. Juliette s'était énervée et s'était mise à crier que notre fils n'était qu'un menteur et un minable. Nicole, quoique décontenancée, avait essayé de la calmer, sans succès. C'est alors que Benjamin avait récupéré le combiné et que Juliette lui avait dit d'aller se faire foutre.

« Et qu'est-ce qu'il t'a dit ?

— Je ne sais plus, des bêtises pour me rassurer, que Juliette était super, que tout ça était de sa faute à lui mais que ça allait s'arranger… Je suppose que c'était ça qu'il ruminait quand il est venu l'autre jour.

— Il n'a pas osé nous le dire.

— Mais pourquoi ?

— Et il lui a menti.

— Je ne comprends pas pourquoi.

— C'est mauvais signe…

— C'est pas comme si j'étais une de ces mères possessives et castratrices quand même !

— Très mauvais signe. »

Benjamin

Je me suis assis dans mon fauteuil et j'ai allumé une cigarette. Je souriais. Je souriais parce que tout me semblait drôle, peut-être les effets résiduels du champagne. J'avais l'impression de jouer dans une comédie de boulevard, avec les portes qui claquent, les jeunes amoureux qui se querellent, la belle-mère dépressive et alcoolique, le beau-père atteint de jeunisme. J'imaginais le souffle retenu des spectateurs quand Juliette décrochait le téléphone. Tout ça ressemblait à une farce, une énorme farce, avec nos familles caricaturales, l'une toute en excès et psychodrames, l'autre tranquille et banale.

Et que dire du couple vedette ?

Moi, d'abord, avec mon incapacité totale à parler à ma mère, mon père, Juliette et la terre entière, toujours à rêvasser, dans ma bulle, autiste cool à la vie psychique intense et solitaire, bloqué, j'offrais ce que je pouvais, pas grand-chose, de la gentillesse et de l'attention que je préférais sans retour.

Et Juliette avec ses crises de nerf, de larmes, d'angoisse, d'hystérie, de diva, toujours inquiète à l'idée qu'on pourrait ne plus l'aimer, sans cesse à relever les indicateurs de sa popularité, non par narcissisme, plutôt un trouble compulsif, comme d'autres se lavent les mains cinquante fois par jour, même si elles sont propres, juste pour être sûrs, elle testait, encore et encore, au risque de tout gâcher, les meilleurs moments et les meilleurs sentiments. Elle surjouait peut-être un peu mais elle insufflait une telle énergie dans cette comédie qu'on ne pouvait pas lui en tenir rigueur.

Tout ça m'amusait et me fatiguait à la fois.

J'aurais dû courir après Juliette, me lancer à sa poursuite dans l'escalier. Ma porte aurait claqué, je me serais retrouvé à l'extérieur, à moitié à poil, désespéré, sans clopes, sans téléphone, obligé d'aller sonner chez une voisine que je connaissais à peine, avec qui nous échangions des bonjours du bout des lèvres, sans vraiment nous regarder, sans vraiment y penser, ridicule avec ma bite à moitié à l'air. Elle m'aurait permis de téléphoner à un serrurier, m'aurait prêté un survêtement, ce qu'elle avait de plus grand, rose de préférence, qui m'aurait boudiné les fesses et le reste. Nous aurions bu un café, discuté entre deux silences, situation pénible pour un dimanche matin, je m'en serais excusé une bonne centaine de fois et elle m'aurait répété que ce n'était pas grave tout en regardant sa montre, évaluant le temps restant avant que le serrurier ne nous délivre enfin.

J'avais eu raison de ne pas chercher à retenir Juliette.

Ou tort.

Peut-être que je ne la reverrais jamais. Un coup de fil éploré m'annoncerait sa fin brutale et volontaire sous les roues d'un métro en sortant de chez moi. Non, Juliette avait le sens de la mise en scène mais ce scénario me donnait trop d'importance.

Peut-être, dans un élan de vengeance, se précipiterait-elle chez Guillaume… comment l'accueillerait-il ? Bras et draps grands ouverts, ou bien savourerait-il cette possible revanche en l'humiliant, en la traitant comme la dernière des dernières, en lui disant de se barrer, que des filles comme elle, ça ne l'intéressait plus.

Peut-être aurions-nous vécu, la voisine et moi, une histoire d'amour torride. Je ne la croyais pas bien jolie mais je ne lui avais jamais prêté attention, perdu dans mes pensées, mes rêveries, ou juste englué dans un reste de sommeil. J'avais presque envie de descendre, lui emprunter n'importe quoi, juste pour voir, mais je remisais ma curiosité, cette histoire d'amour serait pour plus tard.

Peut-être aurais-je réussi à convaincre Juliette de remonter les escaliers. Je lui aurais expliqué avec des trémolos dans la voix que j'étais encore un petit garçon pour ma mère et que je n'avais pas su comment lui annoncer que je la quittais pour une autre. Ça n'aurait pas marché. Elle se serait enfuie de plus belle au bout de cinq minutes de ces explications qui auraient fichu en l'air tout mon sex-appeal.

Décidément, j'avais bien fait de ne pas réagir, comme ça je fumais des clopes dans mon fauteuil, tranquille et en pleine possession de mon sex-appeal.

Pour le reste, il serait toujours temps d'y penser plus tard, quand mon mal de tête serait dissipé, quand j'aurais pris un long bain avec beaucoup de mousse, quand j'aurais bu deux litres d'eau et pas mal de café, quand je commencerais à moins sourire de tout ça, à avoir un peu peur, un peu mal, un peu le manque de Juliette. Oui, à ce moment-là, je devrais récupérer le coup, envoyer des fleurs, écrire un joli texte, bien troussé, quelques notes d'humour sur fond de bluettes, je n'aurais plus l'ironie aussi vive, je regretterais tout en sachant que si l'on rejouait la scène, elle serait la même. Des regrets faciles et inutiles, donc, juste pour dire que je préférerais être un mec super, sans failles, un courageux qui assume tout, un super-héros, mais non, j'étais Benjamin, un doux rêveur comme s'accordaient à le dire ma mère et Juliette, elles avaient au moins ça en commun.

Partie III

Mes amis, mes amours, mes emmerdes[1]

1. Extrait de la chanson *Mes emmerdes* de Charles Aznavour.

Mathilde

Je me morfondais, le front collé à la fenêtre. J'étais seule. Évidemment, des personnes à appeler, j'en connaissais, je n'avais pas à rougir de mon répertoire téléphonique, mais il n'y en avait qu'une à qui j'avais envie de parler et c'était Benjamin. Je m'étais promis de le laisser tranquille avec ses projets de corde au cou et de vœux sacrés, mais ce soir, mes doigts me démangeaient et je tripotais mon téléphone en ressassant le début de notre hypothétique conversation.

« Salut, c'est Mathilde, j'avais envie de prendre de tes nouvelles. »

Et aussi de le voir, ce que je garderais pour moi. C'était vraiment simple. Pourquoi me torturer ? Pourquoi être raisonnable ? Juliette ne s'encombrerait pas de tant de scrupules, elle débarquerait chez lui, quitte à provoquer une crise, quitte à foutre en l'air sa vie, et c'est avec elle qu'il s'apprêtait à se marier. Elle l'emportait haut la main, et moi, avec ma patience et ma compréhension, je pouvais rentrer au vestiaire, c'était la fin de la compétition, les hommes préféraient les emmerdeuses et Benjamin ne faisait pas exception. J'enviais ces filles mais je ne pouvais pas intégrer leur camp, ce n'était pas la peine que je me raconte d'histoires. Mon style, c'était la connivence, l'entente, une certaine forme de fraternité même ou de copinage, quelque chose qui se voulait agréable et confortable, loin des ultimatums et des chantages. Je n'aimais pas les rapports de force, ils brouillaient tout. Quelle valeur accorder à ce qui était extorqué ? J'étais amère, je méritais plus que ce que je recevais, ces miettes de pas grand-chose. J'avais la même soif d'amour que les emmerdeuses, mais j'étais plus bourgeoise, je voulais du naturel, de l'authentique, du bio.

J'avais envie d'appeler Benjamin.

Après tout, s'il ne voulait pas me parler, rien ne l'obligerait à décrocher. Je ne m'apprêtais pas à lancer une interminable campagne de harcèlement, il ne s'agissait que de ce soir, parce que j'avais le cafard, juste une fois. S'il ne répondait pas, je promettais de laisser tomber, promesse d'alcoolique peut-être… juste une goutte, der des ders. J'ai souri, je n'y croyais pas moi-même.

Je me suis autorisée une rincette de nostalgie en exhumant d'anciens SMS.

« Je pense à toi. »

Celui-là, je l'avais reçu une semaine seulement avant qu'il m'annonce son mariage…

« Y a-t-il moyen de rejoindre ma Colombine ? »

Je l'appelais souvent Pierrot à cause de son air dans la lune.

« Juliette a débarqué… je te rappelle. »

« Je vais au tabac, t'as besoin de clopes ? »

« Tu fais quoi ce soir ? »

Je ruminais mes souvenirs, c'était une soirée passionnante et pleine de suspense, est-ce que j'allais flancher, l'appeler, me saouler, résister ou juste aller me coucher ?

Et si j'envoyais un SMS au lieu de l'appeler ? Ou un mail peut-être ? Non, je me sentais trop cafardeuse pour adopter le style bonne copine sans rancune que je maîtrisais pourtant : « J'attends tranquillement que ton remplaçant vienne sonner à ma porte, je suis très confiante, j'ai mis hier une annonce à la boulangerie, la rouge, celle qui fait les bons croissants. En attendant, si t'as envie d'un extra extraconjugal (vilaine répétition), tu connais mon adresse (en cas d'oubli, tu peux passer par la boulangerie) », etc. Comme ce serait sympa, drôle, comme je serais cool, comme ce serait déculpabilisant pour lui !

J'ai allumé une cigarette.

Après l'avoir fumée, je l'appellerais, et si je me dégonflais, je ne voulais plus m'entendre monologuer sur le sujet.

Benjamin

J'avais appelé Guillaume en sortant du travail, sur un coup de tête. Je ne l'avais pas vu depuis un mois, depuis que j'avais accepté de dire oui, pour le meilleur et pour le pire. Je ne savais pas comment le lui annoncer, Juliette était son ex et il l'avait condamnée à perpétuité, sans possible remise de peine.

Guillaume et moi étions frères depuis l'âge de dix ans, âge auquel nous avions mélangé nos sangs au cours d'une cérémonie nocturne organisée et menée avec le plus grand sérieux. Il avait procédé aux incisions et j'avais failli m'évanouir, puis il avait lu des paroles sacrées recopiées dans un livre, et nous avions collé les paumes de nos mains. Nous étions restés quelques minutes sans bouger, les yeux fermés, Guillaume parlant de nos sangs qui n'en faisaient plus qu'un et de nos destins à jamais liés. Nous avions ensuite scellé ce pacte en buvant un alcool blanc, très fort, qu'il avait volé dans la réserve de ses parents. Deux gorgées avaient suffi à nous enivrer. Nous avions chanté et dansé, imitant ce à quoi, dans nos esprits, devait ressembler une cérémonie rituelle indienne. Cette soirée était un de mes plus beaux souvenirs d'enfance et elle avait longtemps conservé son aura sacrée, jusqu'au jour où je m'étais rendu compte que

Guillaume s'en souvenait à peine. Nous avions seize ou dix-sept ans et nous devions retrouver des copains à la piscine. Je souhaitais beaucoup y aller pour une certaine Nathalie. Nous nous étions disputés parce qu'il ne voulait pas m'y accompagner. J'étais si motivé que j'avais usé de cet ultime argument, il me le devait au nom de notre pacte et de nos sangs mêlés. Il m'avait regardé comme si j'étais fou, me demandant si j'étais sérieux, cette vieille histoire, c'était de ça dont je lui parlais ? J'étais parti sans un mot, sans me retourner, malgré ses paroles qui tentaient de me retenir entre deux éclats de rire. J'étais allé seul à la piscine, me répétant que dorénavant je ne devrais plus compter que sur moi-même. Nathalie n'était pas venue, ce qui au fond m'avait soulagé. Le lendemain, Guillaume s'était pointé chez moi et nous étions allés nous balader en forêt. Il s'était excusé et, si j'étais d'accord, il avait apporté une lame de rasoir et une flasque de rhum pour que nous renouvelions notre pacte.

Nous nous sommes rejoints au O'Sullivan, un pub irlandais dont nous aimions les bières et les serveuses. Nous étions installés, nos pintes de Guinness à la main, prêts à trinquer. Il n'y avait pas de meilleur moment pour mon annonce. Lorsque nous avons entrechoqué nos verres, j'ai donc porté le toast à mon futur mariage avec Juliette, les yeux plantés dans ceux de Guillaume, le sourire aux lèvres pour encourager le sien. Les verres sont restés dans les airs, ma respiration s'est bloquée, apnée de quelques secondes qui m'a semblé une éternité. Il m'a traité de fou. J'ai acquiescé.

Depuis que je sortais avec Juliette, nous évitions le sujet. Je m'appliquais à ne jamais dire « nous » et à la gommer de tout ce que je lui racontais. C'était un accord tacite, il m'avait pardonné mais préférait oublier. C'était du moins le cas jusqu'à ce soir. Il voulait maintenant tout savoir, que je reprenne les choses depuis le début, comme s'il ne connaissait pas Juliette et qu'il venait d'apprendre son existence. Je me suis d'abord défilé, craignant que cette soudaine curiosité ne nous projette vers une fin de soirée tendue et orageuse, mais son enthousiasme et son entêtement ont vaincu mes réticences. Je me suis noyé dans mon propre bavardage, mettant tout sur la table, comme j'avais envie de la protéger de ses démons, comme je me sentais important quand je la voyais apaisée grâce à moi, comme je craignais qu'elle ne s'ennuie, comme j'avais toujours eu l'impression qu'elle me quitterait jusqu'à ce qu'elle me demande en mariage, comme je redoutais de la présenter à mes parents, comme j'étais mort de trouille à l'idée de cet engagement, mais comme je trouvais ça drôle et excitant en même temps. Je laissais libre cours à mes pensées, sans rien filtrer. C'était bon, si bon de partager sans entrave tout ce que j'avais sur le cœur. Guillaume ponctuait de rires et d'échos ce que je racontais. J'étais content qu'il accepte de nouveau d'entendre parler d'elle, et dans l'euphorie du moment, je lui ai proposé de dîner avec nous un de ces soirs pour qu'ils enterrent la hache de guerre et fument le calumet de la paix. Il y a eu comme un flottement dans l'air. C'était trop soudain, il avait besoin de temps pour digérer la nouvelle et se préparer.

Mon téléphone a sonné et Guillaume m'a encouragé à répondre tout en se levant pour aller aux toilettes. J'ai obtempéré, bêtement. J'aurais dû dire que j'étais avec Juliette et raccrocher, mais la vérité s'est faufilée entre mes lèvres, le pub, Guillaume, les bières, et Mathilde en a profité pour demander si elle pouvait se joindre à nous. Elle a senti ma réticence et s'est moquée de moi, gentiment, je pouvais lui faire confiance, notre secret serait toujours bien gardé. J'ai cédé et je l'ai tout de suite regretté.

Guillaume

J'ai pissé pendant longtemps, m'extasiant, comme chaque fois que je buvais de la bière, sur l'élasticité des vessies en général, et de la mienne en particulier. Sacré Benjamin ! D'abord il m'avait piqué Juliette, et maintenant il m'annonçait qu'il allait l'épouser. Cerise sur le gâteau, il m'invitait à tenir leur chandelle dans un dîner. Il n'y avait aucune malice, aucune pensée tordue derrière ça, c'était Benjamin.

Il réagissait mieux que moi aux aspérités du caractère de Juliette, il était plus tranquille et patient. Son flegme et sa nonchalance empêchaient que les disputes ne virent au psychodrame. Quand elle claquait la porte, il la laissait partir, puis lui tendait la perche lui permettant de revenir. Elle avait eu raison de le demander, lui, en mariage, mais j'avais quand même les boules. Je me sentais lâché, à la traîne, et je n'avais aucune envie de la revoir.

Benjamin ne savait pas que j'avais levé la main sur Juliette, que je l'avais frappée, plusieurs fois, et il ne devait jamais l'apprendre. Elle semblait être restée discrète jusqu'à présent, mais j'étais flippé à l'idée qu'elle puisse tout lui déballer.

Je ne pouvais pas la revoir, il n'y aurait pas de dîner et je n'assisterais pas à ce mariage.

Je me suis lavé les mains et j'ai rejoint Benjamin qui m'a annoncé qu'une copine à lui, Mathilde, allait arriver. C'est elle qui avait appelé au moment où j'étais parti aux toilettes.

« Est-ce qu'elle est jolie ?

— Oui, assez. »

Benjamin a changé de sujet. Il avait trop parlé de lui, c'était mon tour. Mon tour… avec Benjamin, il revenait souvent. Il n'était pas bavard et j'aimais parler, nous étions faits pour nous entendre.

Sa copine est arrivée peu après et Benjamin nous a présentés.

« Mathilde, une copine de boulot, Guillaume, mon ami d'enfance. »

Une bière blanche pour Mathilde, une Guinness pour les autres. Elle s'est assise près de Benjamin, tout près. Elle m'a regardé droit dans les yeux et m'a souri.

« J'espère que je ne vous dérange pas.

— Non, bien sûr que non. »

Les bières sont arrivées et nous avons trinqué.

« Au mariage de Benjamin et Juliette ! »

Tout le monde semblait avoir été mis au courant avant moi. J'ai imité Mathilde et j'ai levé mon verre.

« Au mariage de Benjamin ! »

J'avais envie de lui dire que Juliette était mon ex mais je me suis retenu.

« Alors tu es LE Guillaume dont j'ai tant entendu parler ?

— Il y a des chances, sauf si Benjamin en a un deuxième dans sa vie, va savoir avec ce grand cachottier. »

Mathilde a ri, pas Benjamin.

« Et comment se fait-il que moi je n'aie jamais entendu parler de cette si charmante collègue ? »

Benjamin n'a rien répondu, il a juste levé les mains, paumes vers le ciel. Mathilde a souri, elle s'est offusquée, gentiment.

« Je n'étais qu'une stagiaire, rien de bien intéressant…

— Moi, stagiaire ou pas, je t'aurais draguée.

— Excuse-le, il a bu beaucoup de bières.

— Ça ne me dérange pas, ça me change les idées, je n'ai pas le moral ces derniers temps, c'est rafraîchissant. »

La soirée s'est poursuivie sur ce mode. Benjamin se tenait à la frontière de la discussion, il buvait ses bières, en silence. Je n'étais pas inquiet, il était souvent comme ça. Mathilde ne semblait pas s'en étonner non plus, elle m'écoutait, me souriait, et se rapprochait de moi quand le niveau sonore rendait la communication difficile. Je matais son décolleté et elle feignait de l'ignorer. Elle continuait de parler, moins que moi, plus que Benjamin, et elle riait, elle riait beaucoup. Et plus elle riait, plus j'avais envie de la ramener chez moi. Mais au moment de partir, c'est à Benjamin qu'elle a demandé de la raccompagner. Ils ont échangé un drôle de regard, le genre lourd de sens. Je me suis demandé si quelque chose ne m'avait pas échappé tout au long de la soirée. Si ça n'avait pas été Benjamin, j'aurais soupçonné un truc sexuel entre eux… mais elle devait juste avoir des histoires de filles à lui raconter. Benjamin savait toujours tout des misères de ces demoiselles et je lui laissais volontiers cette place.

Jimmy

« Juliette va se marier… »

Samir m'a regardé comme si je venais de dire une obscénité. Non, pas une obscénité, une obscénité ça l'aurait fait marrer. Là, il est resté silencieux, me sondant de ses yeux vitreux de fin de soirée. Juliette allait se marier, il s'en foutait, elle n'existait que dans ma vie, pas dans la sienne. Je ne mélangeais pas, je ne mélangeais rien, jamais, sauf l'eau dans le Ricard. Juliette, la seule fille au monde à s'enfiler autant d'anisette, des soirées entières, jusqu'à ce que nous ayons dit tant de conneries qu'il ne nous restait plus qu'à filer au lit. Des heures de discussion au compteur, d'étreintes plus ou moins endiablées. Mon pote Jul', un pote au cul terriblement excitant.

« Ouais, elle va se marier… ça fait chier ! »

Il s'est marré et a levé son verre dans ma direction, à la santé des mariés. Merci pour le soutien ! Je n'étais pas du genre encombrant avec mes états d'âme, alors pour une fois, il aurait pu se montrer un peu plus compatissant. Je me tapais toutes ses péripéties conjugales, moi, dans les moindres détails, et je l'écoutais, je commentais, me retenant de livrer le fond de ma pensée, m'autorisant à peine un sarcasme de temps en temps. Pourtant, il y avait matière : « Non mais tu te rends compte, j'ai trouvé des préservatifs dans son sac à main et tu sais ce qu'elle m'a dit ? Qu'ils en filaient à la pharmacie et qu'elle les avait pris pour sa copine Lola, tu crois pas qu'elle se fout de ma gueule ? » Mais non…

« Ça te fait marrer ?

— T'avais qu'à réfléchir à ce que tu voulais avant. »

D'habitude, je le trouvais plutôt sympa… Je me suis roulé une clope en lui lançant des regards obliques chargés de mépris.

« Monsieur Samir a envie de me faire la morale ?

— Pas la morale, mais tu peux t'en prendre qu'à toi-même si t'as toujours été trop fier pour lui dire ce que tu ressentais…

— Elle avait pas besoin que je lui dise quoi que ce soit parce qu'elle et moi, on se comprend sans ça.

— Ouais, résultat, elle te plante là et se marie avec un autre… »

Je lui ai lancé un nouveau regard oblique. Juliette et moi n'étions pas un couple comme ça, nous étions des amis, des amis intimes, avec un statut à part.

« À sa place, je t'aurais laissé tomber depuis longtemps. »

Il avait vraiment décidé de me pourrir la soirée. J'avais envie de pleurnicher sur mon sort, que ce soit ou non justifié ! Je voulais un appui inconditionnel, boire des verres à ma Juliette perdue, sans jugement, ce n'était quand même pas trop demander !

« Allez, Jimmy, tu vas pas dire le contraire quand même, elle a été patiente avec toi, mais…

— Mais de quelle patience tu me parles, là ? Tu crois qu'elle tricotait au coin de la cheminée en m'attendant ? Elle a toujours vécu sa vie, Juliette. »

Cette fois, j'avais haussé le ton. Aux orties l'élégance et la distinction, j'étais prêt à en découdre pour sauver l'honneur de Juliette et réhabiliter notre histoire.

« Je l'ai portée dans mon cœur, certes à ma manière, certes sans le dire, mais je t'assure que je lui ai apporté du rêve et du romantisme en veux-tu, en voilà, et que, loin d'être le mufle pour lequel tu essaies de me faire passer, j'ai été un amant attentionné.

— Tu l'aimes ? »

J'ai senti ma vision se brouiller. Qu'est-ce qui m'arrivait, je ne supportais plus le whisky ou quoi ? Juliette se serait bien foutue de moi si elle m'avait vu à cet instant : « Place à l'ironie, mesdames et messieurs, le grand Jimmy, l'éternel cynique, s'émeut en place publique ! »

« Ho Jimmy, ça va ?

— …

— Putain, mec, je suis désolé ! »

Il pouvait se garder sa compassion, elle arrivait trop tard. Je n'avais pas dit mon dernier mot et j'étais d'humeur pour un coup d'éclat. Juliette adorerait. Une belle scène, un bon éclairage, aucun mot de trop, juste l'essentiel. J'ai sorti mon téléphone, ignorant Samir qui me demandait qui je voulais appeler. Je souriais comme un imbécile. Trois heures du matin, j'espérais tomber sur son répondeur. Bingo. J'ai écouté Juliette me conseiller de lui laisser un message. J'ai inspiré.

« Juliette… »

J'ai laissé traîner un long moment.

« … je t'aime. »

Samir m'a arraché le téléphone des mains, puis il a cassé toute l'élégance de ma mise en scène en ajoutant à l'adresse de Juliette :

« Heu… c'est Samir, je suis avec Jimmy, excuse, il est bourré… à une prochaine. »

Juliette

« Juliette… je t'aime. »

J'ai écouté plusieurs fois son message pour en capter toutes les intonations et en extraire la substance. Je ne pouvais pas le prendre pour argent comptant, je savais que Jimmy ne m'aimait ni plus ni moins qu'à l'ordinaire, mais qu'il l'ait dit, même bourré, même dans un contexte où je l'imaginais en représentation devant Samir, me touchait. C'était un écart dans nos non-dits qui témoignait de quelque chose. Ça ne changeait rien à mes projets ni à la place de Jimmy dans ma vie, mais ça me donnait des forces, c'était un cadeau, des mots d'amour dits n'importe comment pour en minimiser l'importance, mais des mots d'amour quand même.

Au début de mon histoire avec Guillaume, je n'avais plus vu Jimmy, puis j'avais rappliqué dès que ça s'était envenimé, à la recherche de réconfort. Il m'avait accueillie avec son sourire en coin, avait ressorti la bouteille de Ricard, et nous avions renoué avec nos nuits de débauche, comme avant Guillaume, comme après aussi. Mais maintenant ? Avant de décider de ce mariage, je m'autorisais à me perdre dans ses bras, malgré Benjamin. Ce n'était pas tromper puisque c'était Jimmy. Tordu, inexplicable, indéfendable, et pourtant sincère. Sauf que maintenant ça devenait inacceptable, même pour moi, à cause de ces vœux que je m'apprêtais à prononcer. Qu'est-ce que ce morceau de papier changeait ? Rien. Tout. Je m'étais trompée en clamant que ma vie resterait la même. Je n'étais pas encore mariée et déjà, je ne m'autorisais plus les mêmes écarts. Un glissement se produisait dans mon esprit, je voulais que ma robe soit d'un blanc éclatant, non souillée d'un adultère prémédité. Je voulais une place pour Jimmy, mais pas au détriment de Benjamin. Je voulais l'amour de Benjamin sans perdre celui de Jimmy. Je ne supportais pas l'idée d'être détrônée, qu'une autre fille devienne son pote, je voulais qu'il me garde ma place, comme les autres fois, mais mon retour signifierait que mon mariage aurait foiré, et je ne le voulais pas. Je ne voulais plus d'histoires qui me mettent en pièces, je ne voulais plus que Jimmy ait besoin de me ramasser à la petite cuillère, je voulais construire avec Benjamin, construire quoi, je n'en savais rien, mais je ne voulais plus de drame, plus de Juliette pleurant pour des Roméo qui ne le méritaient pas.

Je devais lui répondre. Si j'appelais maintenant, il y avait de bonnes chances pour qu'il soit encore au lit.

« Salut, Jimmy ! Dis donc, la prochaine fois que tu picoles avec Samir, invite-moi plutôt que de m'appeler pour me dire des conneries ! Allez, je te souhaite une bonne gueule de bois… »

J'espérais qu'il me rappellerait.

Je ne l'avais pas revu depuis l'annonce de mon mariage. Je lui avais parlé au téléphone, comme si de rien n'était, des heures à nous promener le long de nos discussions habituelles et à revisiter nos sujets de plaisanterie préférés, dans le badinage, comme toujours depuis dix ans déjà. Quiconque nous aurait écoutés aurait pensé que nous n'en étions qu'aux préliminaires, ceux pendant lesquels chacun minaude, espérant une issue intime et amoureuse à ce joyeux bavardage. C'était le privilège de cette relation, conserver le charme des premiers jours, cette saveur si particulière des débuts, lorsque la séduction pimente toutes choses. L'équilibre était fragile, mais Jimmy veillait. Quand nous nous installions dans une routine trop établie, il fuyait. J'avais du mal à l'accepter et je tentais de le retenir, mais je ne pleurais pas parce que je savais qu'il y avait toujours une suite et qu'il ne m'aimait pas moins quand il me quittait que quand il me revenait. D'autres fois, c'était moi qui partais, pour des rencontres qui me donnaient envie d'ailleurs. Je disparaissais et Jimmy savait pourquoi, il m'encourageait même à me lancer, et je savais que je pouvais revenir auprès de lui après.

Aujourd'hui, il y avait quelque chose de différent, j'espérais réussir avec Benjamin là où j'avais échoué avec tous les autres. Et puis, je ne trouvais plus aussi romantique l'idée qu'à soixante ans nous soyons toujours en train de jouer, avec Jimmy, au chat et à la souris. Je m'en voulais de le penser, mais un sentiment d'usure s'était insinué, il n'y avait plus aucune nouveauté à nous perdre et nous retrouver.

Mathilde

« Chère Mathilde,

Veuillez considérer que ce mail est l'expression moderne de ce qu'on aurait appelé, en des temps plus anciens, un billet doux. Je l'assume pleinement et me permets de vous proposer un rendez-vous, qui n'aura de galant que ce que vous m'autoriserez. Que diriez-vous, donc, de nous retrouver samedi soir pour un dîner en un lieu que je tiens à garder secret, mais dont vous ne sauriez être déçue ?

Dans l'attente fiévreuse de votre réponse,

Votre dévoué,

Guillaume. »

J'avais reçu un premier mail dès le lendemain de notre soirée au pub, juste le temps pour lui de récupérer mon adresse auprès de Benjamin. Dans son premier message, il me décrivait l'émotion qu'il avait ressentie lors de notre rencontre, ainsi que la colère qu'il nourrissait depuis à l'encontre de Benjamin qui lui avait caché cette si charmante amie. Son discours était si caricatural qu'aucun des sentiments exprimés ne pouvait être pris au sérieux, pratique pour tâter le terrain tout en gardant la tête haute en cas d'échec.

Benjamin m'avait demandé s'il pouvait lui donner mon adresse dans un mail concis qui se voulait neutre, mais dans lequel j'avais trouvé, entre les lignes, une pointe de possessivité : « Je t'ai suffisamment parlé de Guillaume pour que tu devines ses intentions. » Je les devinais, pas besoin d'un dessin, et ce n'était pas pour me déplaire. Guillaume n'était pas mon genre et je ne m'attendais pas à vivre une incroyable histoire d'amour, mais il m'apportait une bouffée d'oxygène à laquelle il n'était pas question que je renonce.

« Cher Guillaume,

C'est avec plaisir que j'accepte votre mystérieuse invitation. Vos cachotteries confèrent à cette soirée à venir une saveur toute particulière. Une légère excitation m'envahit à l'idée de découvrir ce lieu que vous gardez secret, et votre galanterie ne saurait me déplaire.

Bien à vous,

Mathilde. »

Cette histoire était bonne à prendre, entre autres parce qu'elle me permettrait peut-être de rendre Benjamin jaloux, voilà, c'était dit. Ce n'était pas la pensée la plus élégante de ma vie, mais c'était ainsi. Je me bricolais des scénarios dans lesquels Benjamin, d'ordinaire discret sur ses sentiments, était si jaloux qu'il en venait à me déclarer son amour. Il me voulait loin de Guillaume, à lui. Il était coincé avec Juliette, mais lors des soirées que nous passions tous les quatre, entre couples d'amis, il me prenait à part dans la cuisine, il m'aimait, cette situation était grotesque, il souffrait et ça ne pouvait plus durer. Il essayait de m'embrasser mais j'étais intraitable. Je le repoussais, digne, ne voulant plus de ces situations clandestines, réclamant la première place, l'officielle, à prendre ou à laisser.

Au-delà de ce fantasme, je me réjouissais de m'immiscer dans le cercle des amis officiels de Benjamin. C'était le sésame pour rencontrer la légendaire Juliette et je voulais cette confrontation. Je voulais l'affronter en silence, en secret. Elle était celle qu'il avait trompée, j'étais celle avec qui il l'avait trompée. Tout était là, même s'il s'apprêtait à l'épouser. Benjamin serait à ma merci, il suffirait d'une phrase, une révélation.

Je m'imaginais jouant sur tous les tableaux, complicité équivoque avec Benjamin et épanouissement amoureux avec Guillaume dont Juliette serait jalouse. La manière dont elle s'était jetée au cou de Benjamin m'avait toujours donné à penser que leur relation n'était que le fruit d'une tentative désespérée, d'une provocation qui n'avait pas eu les effets escomptés, et qui, petit à petit, faute d'un retour fracassant de Guillaume, avait fini par s'installer.

Je n'étais pas d'une nature méchante mais là, quelque chose de mauvais fleurissait en moi et j'avais envie de le laisser s'épanouir, même si c'était sans suite. Me connaissant, j'étais capable de trouver Juliette trop charmante et vulnérable pour lui vouloir du mal. Quant à Benjamin, j'en viendrais sans doute à accepter son choix, lui souhaitant que ce soit le meilleur, et je fuirais cette situation sordide, laissant Guillaume en plan sans un mot d'explication, le sacrifiant, et moi avec, sur l'autel de leur bonheur si fragile.

« Chère Mathilde,

J'exulte à la lecture de votre réponse. Je voudrais déjà être à samedi. Pourrai-je patienter jusque-là ? Ça me semble si loin, et en même temps le plaisir à venir si grand, cela mérite patience.

Je penserai à vous chaque jour.

Votre dévoué,

Guillaume. »

Benjamin

Je n'ai pas été surpris d'apprendre que Guillaume et Mathilde sortaient ensemble. Je connaissais Guillaume. Quand il repérait une fille, elle finissait dans son lit. Ce n'était pas une question de chance, ni de beauté, c'était son approche qui était d'une effroyable efficacité. Je l'avais envié pendant toute mon adolescence, envié et admiré. Moi, les filles me prenaient pour un bon copain, voire une bonne copine, à qui elles confiaient tout, leurs élans amoureux, leurs déceptions, leurs secrets, sans retenue. J'apprenais à les connaître à force de les écouter sans arriver pour autant à ajuster ma technique. « Trop gentil, me disait Guillaume, les filles, il faut les bousculer un peu, les faire rougir, ne pas chercher à les comprendre, elles aiment les machos, et celles qui ne les aiment pas militent au MLF parce qu'elles sont trop moches pour être draguées. » Rien de compliqué dans la bouche de Guillaume. En vieillissant, mon charme s'était bonifié, miracle inattendu et bienvenu. Le vent avait tourné, moins de succès pour Guillaume et plus pour moi. Si la tendance se confirmait, je pouvais espérer une carrière de Don Juan à la maison de retraite. Mais Guillaume restait quand même un compétiteur de haut niveau et il était mon meilleur ami, ce qui, sans prétention aucune, était sans doute un précieux atout auprès de Mathilde dont je craignais un coup tordu. Mon passé de confident privilégié m'avait initié à la psychologie féminine et ses arcanes les plus mystérieux, un avantage non négligeable sur mes concurrents. Je ne pouvais pas vérifier mon hypothèse mais j'étais quasi sûr de mon analyse, et ça n'était pas de bon augure pour la suite des événements, pas bon du tout. D'ailleurs, j'envisageais d'allumer quelques cierges à l'église du coin ou de tenter ma chance auprès d'un marabout : une poupée à l'effigie de Guillaume, une à celle de Mathilde, quelques incantations pour embellir le tout et les deux tourtereaux se réveilleraient un matin, éberlués, s'excusant d'être là, et se quitteraient sans drame.

J'aurais dû empêcher cette relation, mais comment le justifier ? Vis-à-vis de Guillaume, Mathilde n'était qu'une ancienne collègue, je ne pouvais que sourire en espérant ne pas avoir l'air trop crispé et filer l'adresse mail qu'on me demandait. Et même s'il avait su que Mathilde était plus qu'une ex-collègue, plus qu'une amie, qu'est-ce que ça aurait changé ? Qu'est-ce que j'aurais pu dire, moi qui sortais avec Juliette ? Rien. Et vis-à-vis de Mathilde, c'était encore pire. Je l'avais aimée sans vouloir lui sacrifier Juliette et je l'avais quittée sans la ménager.

J'étais mal. Mathilde me tenait. Elle pouvait tout raconter à Guillaume, voire à Juliette. J'aurais mieux dormi s'ils étaient partis savourer leur histoire d'amour à l'autre bout du monde et pour toujours, mais ça n'était pas au goût du jour. Guillaume m'avait téléphoné la veille pour me dire qu'il avait réfléchi à mon dîner de réconciliation. Comme par hasard, il se sentait prêt, alors qu'avant c'était hors de question. Et bien sûr, il ne comptait pas venir seul. Mathilde manigançait. Je l'avais connue aimante, mais c'était avant ma trahison. Une marquise de Merteuil sommeillait en elle et j'allais payer. Elle allait me faire chanter, pas pour de l'argent, non, mais que pourrait-elle exiger de moi en échange de son silence, je n'en avais aucune idée. Il ne me restait plus qu'à attendre.

Il se pouvait aussi que ça se passe bien… Si Juliette et Mathilde s'appréciaient, nous pouvions tout envisager, des dîners joyeux, réguliers, et des vacances ensemble chaque été.

Mon imagination s'est mise à cavaler.

Peut-être que nous pourrions nous aimer encore, Mathilde et moi, Juliette et Guillaume, comme au bon vieux temps…

Jimmy

« C'est rien qu'un dîner, tu vas pas en mourir ! »

Elle avait de ces arguments ! Bien sûr que je n'allais pas en mourir, ce n'était pas la question, j'avais des principes et je ne voulais pas y déroger. Ce dîner était organisé par Benjamin, chez Benjamin, je ne le connaissais pas et vice-versa, donc je ne pouvais pas m'y pointer, fin de la discussion. L'éducation et le savoir-vivre d'un gentleman contre l'irrévérence et l'entêtement d'une petite fille capricieuse. Outre mon sens développé des bonnes manières, un sentiment plus fort dominait et balayait tout le reste, je n'avais pas envie de la voir se faire peloter par un corniaud avec qui elle était sur le point de commettre la pire hérésie, se mettre en cage comme un putain de canari.

L'image fugace de Vanessa Paradis dans la pub Chanel m'a traversé l'esprit.

« C'est non.

— Allez, Jimmy…

— Non.

— Alors moi non plus, j'irai pas.

— Toi, t'as pas le choix, Jul'.

— Si, je fais ce que je veux. Si je veux pas dîner avec ce connard, c'est mon droit, meilleur pote ou pas.

— Voilà, très bien, tu me raconteras.

— Tu m'énerves !

— C'est pour ça que tu te maries pas avec moi.

— Très drôle. »

Elle a raccroché. J'ai allumé une clope, tranquille et serein. Je connaissais cette Juliette qui gesticulait, haussait le ton et claquait les portes, je lui donnais un quart d'heure pour me rappeler en m'engueulant de ne pas l'avoir fait. Elle savait que ça ne marchait pas avec moi, mais de temps en temps, elle ne résistait pas à l'envie de tenter encore sa chance. Je ne l'avais jamais rappelée après m'être fait raccrocher au nez, pas une fois en dix ans, mais l'idée m'a traversé de lui offrir ce plaisir, juste aujourd'hui, pour lui coller le doute sur ses choix.

Mon téléphone a sonné.

« Quoi encore ?

— S'il te plaît…

— …

— Je te roulerai une pelle en douce dans la cuisine.

— Je préférerais une pipe.

— Trop risqué.

— Alors, c'est non.

— Je peux pas l'affronter seule.

— Tu seras pas seule, tu seras avec Benjamin…

— …

— Écoute, si tu veux changer la donne, je sais pas, propose à ta mère de venir, comment elle va Cricri ?

— Comme d'habitude, elle déprime et elle en fait profiter tout le monde. Allez, dis-moi oui.

— Seulement si ta mère vient aussi.

— Arrête tes conneries. Tu sais que son dernier truc, c'est de ne pas vouloir venir à mon mariage…

— Décidément, on est faits pour s'entendre elle et moi, j'adore ta mère !

— C'est parce qu'elle t'appelle pas en larmes au milieu de la nuit…

— Donne-lui mon numéro, je suis insomniaque de toute façon… Bon, je peux raccrocher maintenant ?

— Pas tant que tu m'as pas dit oui.

— Putain, Jul', t'as aucun égard pour ma sensibilité.

— T'auras qu'à venir bourré !

— Je risque de raconter pas mal de conneries…

— Je m'en fous, je prends le risque. »

C'était peut-être ce qu'elle attendait, que je vienne à cette soirée pour tout dégommer, un peu tordu, mais avec Juliette…

« Dis donc, Jul', pourquoi tu tiens tant que ça à ce que je vienne ?

— Je te l'ai dit, je la sens pas cette soirée. Si t'es là, ça rétablit une sorte d'équilibre.

— T'espérerais pas que je balance quelques vérités à Guillaume par hasard ?

— Non.

— Jul'?

— Ça pourrait mettre de l'ambiance, mais non, non, j'ai envie que tu sois là, c'est tout.

— Et comment tu vas expliquer à Benjamin que t'invites un parfait inconnu à son dîner de réconciliation ?

— T'es pas un parfait inconnu, il a déjà entendu parler de toi et j'expliquerai pas, je dirai que tu viens, point. »

Voilà la Juliette que j'aimais, celle qui fonçait sans rendre de comptes et sans même imaginer avoir à en rendre. Mais pourquoi ce mariage ? Cette institution était trop étroite et figée pour elle, ce n'était pas du tout sa place.

« Putain, Jul', je le sens pas.

— T'as pas besoin de le sentir, t'as juste à vouloir me faire plaisir. »

J'ai capitulé après une heure de pourparlers répartie sur trois appels. Juliette insistait rarement autant, elle était trop fière pour ça. Là, elle avait remballé son amour-propre et j'avais décelé un appel à l'aide derrière ses airs de petit soldat. Sans le mariage à venir, elle aurait refusé d'y aller, j'en étais sûr. C'était agaçant comme pensée, très agaçant, comme toute cette histoire de mariage d'ailleurs. Heureusement, rien n'était joué tant que Juliette n'avait pas prononcé le oui fatidique. Elle pouvait encore faire volte-face, elle était spécialiste ès pirouettes. Elle pouvait se lasser de son mariage avant même d'y être entrée, ou divorcer quelques heures seulement après avoir consommé sa nuit de noces. En attendant, je devais me préparer à assister à la mise en place de ce drame annoncé, et lui tenir la main pour affronter son ex devant celui avec qui elle avait décidé de s'emprisonner.

Guillaume

Quelques mails balancés avec nonchalance, une once d'humour, des compliments éhontés et Mathilde m'était tombée dans les bras.

Temps de la campagne de séduction : dix jours.

Je m'attendais à davantage de résistance, je l'avais classée dans la catégorie des intellectuelles difficiles d'accès, comme quoi… Enfin, intellectuelle, elle l'était, et difficile d'accès, aussi, d'une certaine manière. Elle m'avait laissé la draguer, m'avait elle-même dragué, elle me laissait mettre ma langue dans sa bouche, et plus que ça même, mais je ne savais pas grand-chose d'elle en dehors des éléments les plus factuels. Impossible de rien connaître de son passé amoureux, par exemple. Ma curiosité ne recevait que des réponses vagues et ironiques. Elle souriait, se dérobait, m'interrogeait en retour, et je cédais. C'était la reine de l'esquive. J'étais habitué aux filles aimant se raconter de long en large, mais Mathilde était différente, elle n'aimait pas parler, ou alors si, pour débattre. Moi, je n'aimais pas débattre. J'aimais rire, dire des bêtises, mais agiter des grandes idées avec conviction, non. Pour être honnête, je complexais parfois auprès d'elle, quand elle me regardait en fumant sa clope, en silence, alors que je venais de terminer une tirade particulièrement inspirée. Elle me rappelait Benjamin dans sa manière de s'isoler, mais elle était plus terre à terre. Quand lui se taisait, il partait dans des rêveries sans prise directe avec la réalité. Les silences de Mathilde avaient, eux, un arrière-goût d'examen.

Mathilde savait déjà pour Juliette et moi, je lui avais dit que c'était mon ex, sans plus de détails. À l'approche de notre dîner chez Benjamin, j'étais obligé de lui en raconter un peu plus pour qu'elle comprenne l'ambiance bizarre qu'il risquait d'y avoir.

« C'était la passion avec Juliette, j'étais fou d'elle, mais elle m'a pris pour un con et je ne lui pardonnerai jamais. »

Mathilde a ri.

« Qu'est-ce qu'il y a de si drôle ?

— Rien. »

Pour lui clouer le bec, je lui ai tout balancé, les crises à répétition et la violence, verbale et physique, qui avait envahi notre relation. Son sourire a disparu. Elle a allumé une cigarette et m'a tendu son paquet, sans un mot. C'était la première fois que j'avouais avoir frappé Juliette et déjà je m'en mordais les doigts. Le silence a duré, m'enfonçant davantage dans mes regrets. Je n'ai pas plaidé, j'étais indéfendable, mais je n'avais pas pour autant envie d'être jugé.

Mathilde a repris d'une voix très douce.

« Ce sont des choses qui peuvent arriver. »

J'étais surpris, et soulagé aussi.

« Tu le penses vraiment ?

— Oui. Quand on aime, on peut dépasser certaines limites, je peux comprendre ça… »

J'avais l'impression qu'elle parlait plus pour elle-même que pour moi.

« En fait, je ne peux pas la revoir, Benjamin devra se débrouiller sans moi, je vais l'appeler pour annuler…

— Non, tu n'annules rien du tout. »

Pour qui se prenait-elle ?

Elle me regardait, pensive.

« Et Benjamin… il sait tout ça ?

— Non, mais Juliette est du genre à balancer nos souvenirs entre le fromage et le dessert, et franchement, j'ai pas envie de me retrouver dans cette situation.

— Tu dois tout dire à Benjamin pour couper l'herbe sous les pieds de Juliette. Il te pardonnera, j'en suis sûre. »

Elle souriait, confiante, et j'avais envie de la croire. J'ai appelé Benjamin pour lui demander de passer, et il m'a promis d'être là une heure plus tard. Avant son arrivée, Mathilde m'a coaché comme si j'allais entrer sur un ring.

Il a sonné et mes mains sont devenues moites. Mathilde a attrapé ses affaires, m'a gratifié d'un rapide baiser et m'a dit de ne pas bouger. Je les ai entendus se dire bonjour, puis leurs paroles ont continué de m'arriver, étouffées, ils devaient être sur le palier. Qu'est-ce qu'ils se racontaient ? Peut-être qu'elle me préparait le terrain ? La porte a claqué et Benjamin m'a rejoint. J'ai scruté son visage pour y déceler un quelconque indice sur son état d'esprit, mais je n'y ai rien trouvé. Je suis allé droit au but, lui demandant de ne pas m'interrompre, comme Mathilde me l'avait conseillé. J'ai tout déballé, les menaces, les cris, les coups, la folie qui m'avait envahi parfois, qui m'avait poussé à lui faire peur, lui faire mal, la faire taire. J'ai parlé un long moment sans le regarder, et quand j'ai terminé, je suis resté immobile, ne relevant pas la tête, soulagé et exténué.

Benjamin n'a pas réagi tout de suite. Il a délibéré en silence, puis a rendu son verdict.

« Puisque Juliette ne m'en a jamais parlé, je considère que ça ne me regarde pas. »

Sa voix a déraillé sur la fin de sa phrase.

Il ne s'est pas attardé, prétextant qu'il devait rentrer, et je n'ai pas cherché à le retenir.

Juliette

Ils sont arrivés, main dans la main, sourire crémeux aux lèvres, avec une bouteille de vin d'un improbable millésime. Je ne comptais pas y goûter à leur pinard, tout le dîner au Ricard et au Coca, rien que pour les faire chier. Avec un peu de chance, Jimmy se sifflerait la moitié de la bouteille comme une vulgaire piquette sans qu'ils aient le temps de réagir. Nous avons fait preuve de civilité avec Guillaume, une bise sur chaque joue, sans nous attarder. J'avais chaud et les paumes de mes mains me démangeaient. Mathilde, l'ex-collègue dont je n'avais jamais entendu parler, s'est présentée sans que je lui aie rien demandé.

« Bonjour, moi c'est Mathilde, tu dois être Juliette… »

J'avais affaire à un génie. Je n'ai pas répondu, juste tendu ma joue de mauvaise grâce. Je me suis laissé embrasser sans rien offrir en échange. Guillaume en faisait des tonnes, il me donnait le tournis. Il ne nous regardait pas, ni Benjamin ni moi, il n'avait d'yeux que pour Mathilde. Elle lui donnait la réplique et ils riaient, trop fort. J'avais envie de m'enfuir. Benjamin souriait, crispé, il semblait en quête d'un trou de souris pour s'y cacher. Il me cherchait du regard, perdu, inquiet, à l'affût d'un signal l'autorisant à se détendre. Je n'émettais rien, il n'avait qu'à assumer, c'était son dîner, je me désolidarisais. Il m'a demandé si nous devions attendre Jimmy pour commencer l'apéritif. J'ai rigolé de manière exagérée. Ils m'ont regardée bizarrement et j'ai hésité à répondre. Je pouvais les planter là, m'arrêter de rire, et puis rien, pas d'explications. L'air malheureux de Benjamin m'en a dissuadée. J'ai marmonné que ce n'était pas la peine, qu'il nous rattraperait. Je me suis servi un Ricard et en ai bu une gorgée sans attendre la grande cérémonie des tchin-tchin, santé, sourires forcés et yeux dans les yeux. Quand ils ont trinqué, j'ai vaguement levé mon verre en direction de Benjamin, les deux autres pouvaient se brosser. La discussion s'est installée. Je n'écoutais pas. Je ne parlais pas. Je ne souriais pas. Je mangeais des cacahuètes. J'évitais les regards. Tous faisaient comme si de rien n'était, comme si rien ne clochait, alors que tout sonnait faux.

Je me suis préparé un second Ricard.

Mathilde m'a dit qu'elle allait m'accompagner, elle avait déjà sifflé sa bière. Je l'ai servie, obligée. Elle a levé son verre pour trinquer. J'ai levé le mien, agacée de me sentir piégée. Elle m'a souri, sans insistance, juste comme ça. Je l'ai observée avec plus d'intérêt. Elle n'était pas exubérante, mais elle occupait le terrain. Un geste, un sourire, une remarque, elle était là et bien là, pas encombrante, pas omniprésente, mais pas prête non plus à céder sa place. De temps en temps, elle me jetait un regard, me souriait, je ne savais pas ce qu'elle cherchait, si elle voulait m'amadouer ou me narguer, je n'arrivais pas à me décider. En l'absence de réaction de ma part, elle repartait dans la discussion avec entrain, au centre, entre Benjamin et Guillaume, ma place, mon ancienne place.

J'étais mal, j'avais envie de pleurer, je me sentais nulle, dépassée.

Je me suis levée pour me réfugier dans la cuisine. Où était Jimmy ? Je lui avais dit que j'avais besoin de lui. Je lui ai laissé un message pour lui demander s'il comptait arriver avant le dessert. Il ne viendrait pas, je le savais, il me laissait tomber. Je me suis lavé les mains à l'eau très froide pour calmer la démangeaison qui ne me lâchait pas.

« Ça va ? »

Je n'avais pas entendu Benjamin arriver. Il m'a enlacée et nous sommes restés sans rien dire. Ça n'allait pas, évidemment.

« Détends-toi, ma Juju, j'aimerais tellement que tu te détendes… »

Je fondais quand il me parlait comme ça, j'avais envie de lâcher prise et de m'en remettre à lui. J'ai laissé une larme couler.

« Je t'aime, ma Juju. »

Guillaume est entré dans la cuisine.

« Ne vous gênez surtout pas pour moi. »

Je l'ai regardé droit dans les yeux, laissant ma colère remonter à la surface.

« Et pourquoi on se gênerait ? Au nom de nos souvenirs de merde ?

— Me cherche pas, Juliette.

— Pourquoi, on n'est pas censés tout mettre à plat ce soir ?

— Benji, dis à ta copine de se calmer. Si elle est pas capable de se comporter comme…

— La ramène pas, hein, tu veux que j'étale tes comportements à toi, hein, tes comportements exemplaires ?

— Vas-y…

— …

— Juju, je crois que…

— Il me tapait, ce connard, ton super-pote d'enfance n'est qu'un pauvre type qui me tabassait, Benji ! »

Ils me regardaient tous les trois sans rien dire et j'ai cru voir Mathilde sourire. Elle se croyait meilleure que moi, cette conne.

« Et maintenant qu'est-ce qu'on fait ? »

Personne n'a répondu à Guillaume.

« Vous faites ce que vous voulez, mais moi je me casse.

— Juju, reste, on peut parler…

— Parler de quoi ? Je te dis qu'il m'a tabassée et tu dis rien, tu réagis pas, tu t'en fous !

— Putain, Juliette, arrête de jouer les victimes, hein !

— Je le méritais, c'est ça ?

— T'avais ta part de responsabilité et tu le sais très bien.

— Guillaume, rien ne justifie de…

— Ma part de responsabilité ! J'ai vraiment bien fait de me barrer avec Benjamin ! En plus, c'est un meilleur coup que toi… et de loin ! Mathilde, je peux te dire que t'as pas misé sur le bon cheval. »

Je suis partie sans me retourner et me suis retrouvée dehors, soulagée. J'ai appelé Jimmy, il était toujours sur messagerie. J'ai hélé un taxi pour qu'il m'emmène loin d'ici.

Partie IV

En route pour la joie[1]

1. Chanson de Noir Désir.

Juliette

« Nous sommes venus retirer un dossier, nous allons nous marier. »

Elle n'a pas daigné lever les yeux sur nous, pas un mot de félicitations, pas un sourire, juste un mouvement du menton pour nous indiquer le panneau du service des mariages. Benjamin l'a remerciée en me poussant doucement mais fermement. Nous sommes entrés dans une pièce étroite où deux autres couples attendaient. Ça m'a agacée, je ne voulais pas d'une cérémonie de série, je voulais du sur-mesure, de l'exceptionnel. J'ai râlé à l'oreille de Benjamin. Il a haussé les épaules et m'a répondu que j'étais, et de loin, la plus jolie de toutes les fiancées présentes dans la pièce. Rien à voir avec ce que je venais de lui dire, rien du tout. J'ai quand même souri en jetant un œil à mes concurrentes. Benjamin a passé son bras autour de mes épaules. J'étais la plus jolie et la seule avec un bras autour des épaules.

La préposée aux mariages discutait avec un couple auquel je ne donnais pas plus de quarante ans, à eux deux. Peut-être même pas trente-cinq. Bizarre de se marier si jeunes. Je me suis penchée pour apercevoir un éventuel ventre rond. Non, rien. Un amour de jeunesse qui se donnait des airs de grand, divorce garanti dans les cinq ans, ou pas, comment savoir ?

Le second couple a pris place, un gars au visage ingrat et une blondinette, cheveux filasse et dents en avant. Un bel assortiment. J'ai eu une pensée pour le photographe qui allait devoir en tirer de jolis clichés, créativité obligée.

« Alors, vous avez décidé de vous marier, très bien. Vous habitez la commune ?

— Non, mais mon père, oui. Le maire lui a dit que ça ne posait pas de problème.

— Si le maire l'a dit. »

Je n'ai pas aimé son ton, un petit ton pincé qui voulait nous culpabiliser de bénéficier d'un régime de faveur, comme si c'était le privilège ultime de se marier dans sa commune. C'était mon père qui avait insisté pour que nous nous mariions ici : « Il y a ce restaurant sur les bords de Marne, un cadre idyllique, tu ne trouveras rien de comparable à Paris, Juliette ! » Soit. Après tout, quelle importance ? Benjamin ne s'était pas opposé à cette idée, il s'en moquait, comme du reste. À chaque fois que j'essayais de lancer des débats sur l'organisation de notre mariage, je ne rencontrais aucun écho, tout ce qui me faisait plaisir lui faisait plaisir, le lieu, les invités, jamais de contestation, jamais de position affirmée, j'en étais frustrée, j'avais l'impression de me marier seule.

« Quelle date ? »

Minimum syndical dans le service public de nos jours, économie jusque dans le nombre de mots utilisés. J'ai répondu sur le même ton.

« 27 juin. »

Elle a poussé un long soupir en secouant sa vilaine grosse tête.

« Ça vous pose un problème ?

— Si vous avez envie de vous marier en même temps que tout le monde, ça vous regarde…

— Très juste, alors on se passera de vos commentaires.

— La date sera définitivement arrêtée quand vous rapporterez votre dossier complet. »

Elle a posé devant moi une feuille avec les pièces à fournir. J'ai parcouru la liste.

« Vous ne nous expliquez rien ?

— Tout est noté. Fiches d'état civil, à demander dans votre mairie de naissance, pièces d'identité, attestation de domicile, vous vivez ensemble ?

— Non.

— Vous allez déménager ? »

J'ai frotté mes mains sur mon jean, en évitant de croiser le regard de Benjamin.

« La vie commune est l'une des obligations du mariage. Enfin, si vous considérez ça comme une obligation… »

Elle a laissé sa phrase planer dans les airs, fière de son sous-entendu.

« Nous allons déménager, c'est juste compliqué de trouver un appartement à Paris. Je suppose qu'ici c'est plus simple, bien sûr… »

Elle n'a pas relevé.

« Il faut la liste des témoins et leurs fiches d'état civil. Est-ce que vous comptez établir un contrat de mariage ?

— Nous n'en avons pas parlé.

— Il vous faut aussi chacun un certificat d'examen médical prénuptial. Des questions ? »

J'ai attrapé la feuille et l'ai rangée dans mon sac. Je n'avais pas de questions. Je me suis levée sans un mot, sans un regard. Benjamin a remercié la gorgone et m'a suivie vers la sortie.

« Alors comme ça, nous allons emménager ensemble ?

— T'as entendu, on n'a pas le choix. »

J'ai scruté son visage, il souriait en coin. Il a voulu m'embrasser mais je me suis écartée.

« Quoi ?

— …

— Oui, je suis content. »

Christiane

Juliette ne m'avait pas appelée depuis dix jours. Dix jours ! J'avais décroché mon téléphone, appréhendant de la déranger, et tout ça pour quoi ? Pour découvrir que le mariage s'organisait dans mon dos.

« Je croyais que tu voulais pas y venir, faudrait savoir ! »

Voilà tout ce que Juliette avait trouvé à me répondre. C'était injuste, j'avais dit ça dans un mauvais jour et elle le savait très bien.

« Avec toi, il n'y a que des mauvais jours ! »

C'était faux, complètement faux, il y en avait de moins pires que d'autres, les jours où mon arthrose se mettait en sourdine, où les douleurs étaient moins sévères, les jours où je m'autorisais un peu plus de whisky ou de calmants, les jours où ma fille me téléphonait et me parlait gentiment. C'était si rare, elle était devenue si dure. Je regrettais son enfance, quand elle se collait à moi, qu'elle m'appelait sa mamouchka, qu'elle me coiffait pendant des heures, qu'elle m'embrassait sur les joues, sur le nez, les yeux, et qu'elle me demandait de lui chanter des chansons. C'était avant que Michel s'en aille. Après, elle était devenue coléreuse et agressive, comme si c'était de ma faute s'il était parti, s'en prenant à moi, souvent, et m'accablant : « Mais relève la tête ! Tu pleurniches sans arrêt sur ton sort, ça ne sert à rien, bouge-toi ! Si tu crois que c'est facile pour moi... »

À une époque, elle s'était mise en tête que j'allais le reconquérir, une époque formidable. Elle me voulait belle et passait du temps à s'occuper de moi. Elle favorisait nos rencontres : rendez-vous avec ses professeurs, spectacle de fin d'année, anniversaire... Ça avait échoué et j'avais eu le malheur de lui dire que je n'y avais jamais cru. Elle était partie un mois complet chez lui pour me punir.

Ma vie me désespérait.

Et c'était encore pire depuis que j'étais en invalidité, à cause de cette arthrose qui n'en finissait pas d'empirer. Toutes mes journées se suivaient et se ressemblaient, d'un ennui à mourir. D'ailleurs, il y avait des jours où je caressais l'idée de prendre une poignée de médicaments, quelques verres de whisky et tout quitter. Je ne servais à rien, à personne, même pas à moi. Les jours s'écoulaient et j'attendais, sans y croire, que quelque chose change. J'enchaînais les séances de massage, d'acupuncture, d'ultrasons, de gym thérapeutique, de chiropractie, je partais en cure deux fois par an et je me disputais avec ma fille, des disputes, encore et toujours, sans jamais la moindre trace d'affection. Quand je ne disais rien, je l'agaçais, et quand je parlais, c'était pire. Je ne savais plus comment me comporter. Je cherchais la bonne attitude, le bon mot pour lui arracher un sourire ou une parole aimable. Elle me rappelait Michel quand plus rien n'allait entre nous. Il m'en voulait d'être là, d'être moi, d'être prisonnier, et il me le faisait payer.

Comme j'avais souffert !

Comme Juliette l'avait ignoré !

Et maintenant qu'elle allait se marier avec ce Benjamin si doux et si gentil, elle allait connaître le bonheur d'être deux et s'éloigner encore un peu plus de moi.

Ce mariage était au-dessus de mes forces.

L'idée de me battre avec Juliette pour le moindre détail que je voudrais différent d'elle me fatiguait à l'avance, je n'en avais ni la force ni le courage. Je tenterais une remarque, peut-être, parfois, à peine audible, tout de suite mouchée.

Je subirais.

Ce mariage allait me rendre malheureuse.

Comme le mien.

Et puis, je ne savais pas si je supporterais de revoir Michel. Dix ans que je n'avais plus entendu sa voix, plus aperçu sa silhouette dans la voiture lorsqu'il ramenait Juliette. À l'époque, elle nous reliait encore et son fantôme planait sur mon existence. Je demandais toujours à Juliette de me raconter ses semaines passées chez lui. Elle acceptait, plus ou moins volontiers. Après, plus rien. Plus de Juliette, plus de Michel. Dès qu'elle avait eu son bac, son papa chéri lui avait payé un appartement à Paris, contre mon gré, pour être plus près de l'université, plus loin de moi.

Je m'étais retrouvée seule, plus encore.

Je ne supporterais pas ce mariage.

J'avais peur que Juliette me manque de respect devant les gens.

J'avais peur de pleurer, exagérément.

J'avais peur d'avoir mal.

J'étais en colère d'avoir peur.

J'avais envie que Juliette ait envie que je vienne.

J'avais envie qu'elle me demande des conseils, de

l'aide, que nous passions des heures à préparer les paquets de dragées en discutant du menu, des invités, du plan de table, du choix du photographe.

Je savais qu'elle ne me demanderait rien.

Nicole

Je me suis regardée dans la glace. J'avais du dentifrice plein la bouche, les cheveux ébouriffés, mon visage était fatigué, et pourtant j'avais envie de rire, envie de chanter. J'avais trop bu. Moi qui ne buvais jamais, je m'étais laissé entraîner par Juliette qui me resservait en m'inondant de sa bonne humeur, de ses manières de petite fille prête à applaudir, à aimer, à croquer la vie.

« Je peux vous appeler Belle-Maman ? Ou Nicole, qu'est-ce que vous préférez ? »

J'avais répondu Nicole.

« Je suis d'accord, Nicole c'est mieux. »

Nous étions toutes les deux dans la cuisine. Elle me racontait leur rencontre avec Benjamin, par l'intermédiaire de Guillaume, « Vous connaissez Guillaume ? », un des seuls de ses amis que je connaissais, « Je sortais avec lui, mais j'ai vite compris… enfin, je vous passe les détails, mais c'était vraiment une ordure. Benji, à côté, c'est le prince charmant, aux petits soins, marrant, surprenant, vous pouvez être fière, vous savez, avec un fils pareil ! »

Je l'étais.

Fière et heureuse.

Cette fille turbulente qui disait trop de gros mots m'avait offert l'accès tant attendu à Benjamin, une surprise que je n'avais pas envisagée lorsqu'elle était arrivée en affichant un haut si rikiki qu'on voyait son piercing au nombril, sa coccinelle tatouée au-dessus de la fesse droite, et ses seins sans soutien-gorge. Elle avait tout d'une jeune à problèmes, rebelle, mais sous ses dehors provocateurs, elle était charmante. Elle m'avait dévoilé des pans entiers de leur vie avec Benjamin et j'en avais plus appris sur mon fils en une journée que pendant les dix dernières années. J'en avais bien sûr excusé son vocabulaire et son insolence qui n'en était pas. Quand elle était partie, je l'avais longuement serrée dans mes bras et l'avais invitée à revenir le plus souvent possible.

« Alors, qu'est-ce que tu penses d'elle ? »

Paul se coupait les ongles en attendant que je libère le lavabo. Il a réfléchi une éternité, comme à son habitude, m'a montré du doigt une tache de dentifrice sur mon chemisier, et a enfin répondu.

« Une grenade dégoupillée.

— C'est tout ?

— Elle…

— Moi, je l'ai trouvée gentille. Un peu délurée, mais bonne fille. Elle en fait des tonnes parce qu'elle a besoin d'être aimée, cette petite, c'est tout.

— En tout cas, notre fils est amoureux.

— Elle aussi, elle l'adore ! Nous avons beaucoup discuté toutes les deux dans la cuisine, c'est elle qui a voulu se marier, elle qui veut qu'ils emménagent ensemble…

— Peut-être mais je ne suis pas sûr qu'elle soit très constante dans ses choix.

— Ah toi, tu vois toujours tout en noir ! »

J'étais agacée qu'il ne partage pas mon enthousiasme, même si je ne pouvais pas lui donner complètement tort. Je n'avais pas oublié la scène du téléphone, mais elle me semblait si sincère et si entière dans ses sentiments… Je la revoyais me demander avec une mine inquiète si je pensais que Benjamin était vraiment heureux de se marier avec elle, elle avait morflé, c'étaient ses termes, quand elle avait découvert qu'il ne nous avait pas parlé d'elle et de leur mariage. Je l'avais sentie vulnérable, comme une petite fille voulant être rassurée. J'avais fait de mon mieux, j'avais même dévoilé ce que j'enfouissais d'habitude comme un secret honteux, mon incapacité à communiquer avec mon fils, à être proche de lui, prenant sur moi l'entière responsabilité de son mutisme. Juliette s'était approchée de moi, tout près, et elle avait pris mes mains dans les siennes. J'avais eu envie de pleurer. Elle m'avait dit en me regardant droit dans les yeux que je pouvais compter sur elle pour que Benjamin se rapproche de moi, elle en avait marre des familles désunies, elle parlait de la sienne, elle rêvait de dimanches à l'ancienne avec parents, enfants et petits-enfants, des journées bruyantes et vivantes, heureuses, elle n'avait jamais connu ça, elle était fille unique, ses parents étaient divorcés, sa mère trop triste et son père trop occupé, elle rêvait d'une vraie famille, et elle avait conclu dans un murmure qu'elle espérait la trouver ici.

Après, elle était redevenue légère et tourbillonnante.

« Je peux vous tutoyer, Nicole ? »

J'avais accepté.

« T'es cool, Nicole, j'adore. »

Nous étions retournées à table.

Juliette avait embrassé Benjamin et demandé à Paul ce qu'il faisait comme travail, soudain passionnée par lui. Elle le tutoyait, considérant sans doute que les règles s'appliquant à l'un s'appliquaient aussi à l'autre. Paul m'avait jeté un regard surpris, et Benjamin et moi avions éclaté de rire. Paul nous avait regardés, interrogatif, mais n'avait obtenu aucune réponse, j'étais trop heureuse de cette soudaine complicité avec mon fils pour avoir envie de la partager, même avec mon mari.

Juliette avait haussé les épaules : « Ne cherche pas à comprendre, Paul, je ne suis même pas sûre qu'ils sachent pourquoi ils rient. »

Benjamin

Nous allions nous marier, pour de vrai, et soudain j'en percevais la portée. Plus jamais d'autres femmes, plus jamais d'autres émois, Juliette le matin, le midi, le soir, Juliette à trente ans, mère de mes enfants, à quarante, Juliette ménopausée, ne me laissant plus l'approcher, Juliette à la retraite, rides et cheveux gris, la fatigue, l'ennui, de plus en plus envahissants, la maladie peut-être aussi, qui de nous deux pour le premier cancer ou la première crise cardiaque ? et, au final, deux petits vieux s'aimant encore ou plus du tout.

Une boule d'angoisse était bloquée quelque part entre mes poumons, au-dessus de mon estomac, une boule si lourde, des tonnes au bas mot, que tout mouvement m'était difficile, ouvrir le frigo, beurrer ma tartine ou aller chercher mes clopes au salon. J'ai failli renoncer, retourner me coucher, mais Juliette était dans mon lit.

Je me sentais oppressé.

Je ne devais pas paniquer.

J'ai avalé une dernière gorgée de café en me racontant que c'était une potion magique qui allait me donner le pouvoir de retourner dans le passé pour changer l'histoire, sans trop y croire, puis j'ai enfilé mon jean et suis sorti.

Je me suis retrouvé dans la rue et j'ai respiré à pleins poumons l'air gris de Paris. J'ai pédalé comme un dératé pour me laver la tête. Arrivé à la médiathèque, j'ai animé la discussion autour du café pour repousser le moment où je me retrouverais seul devant ma pile de CD à enregistrer et étiqueter, sans plus aucune échappatoire à mes pensées torturées.

Je me suis assis à mon bureau et l'angoisse a rappliqué.

J'allais me marier, promettre pour toujours, sans rien savoir des lendemains, à l'aveuglette, sans boule de cristal, ni marc de café. C'était une folie. Qui pouvait arriver serein le jour de son mariage, sûr de son coup ? Personne, c'était impossible, et ceux qui affirmaient le contraire étaient des menteurs ou des imbéciles. Et ce n'était pas seulement d'ignorer si ça se passerait bien ou mal qui était difficile, si les cinquante prochaines années seraient un rêve ou un cauchemar, c'était surtout d'accepter l'aspect définitif du contrat, accepter de ne plus jamais vivre le tumulte de la rencontre amoureuse, et renoncer à toutes les Mathilde du monde. Quelle cruauté. Mais il était trop tard pour changer de cap, Juliette était lancée, ma mère dans la foulée, je ne pouvais plus reculer. Elles s'étaient alliées, un pacte scellé dans l'urgence, l'urgence de quoi je ne savais pas, mais il n'y avait pas eu de pourparlers. Il ne leur avait pas fallu plus d'une heure pour se trouver, une heure d'observation autour des crackers et du porto, et Juliette avait tranché, rejoignant sa complice en cuisine, numéro de séduction, discussions, quelques voiles levés sur ma personne et ma petite maman avait craqué. Elles étaient revenues bras dessus, bras dessous, des Nicole par-ci, des Juliette par-là, c'était signé.

Juliette envisageait même de prendre ma mère pour témoin, maintenant ! Exit sa copine Lucie qui était pressentie pour le rôle, elle aimait l'idée de surprendre avec ce choix. Elle me demandait : « Jimmy et ta mère, tu trouves pas que c'est classe ? », puis elle s'énervait parce que je n'en pensais rien alors que je ne connaissais même pas ce fameux Jimmy. Il existait, Juliette le voyait, lui téléphonait, mais dans un espace-temps que nous ne partagions pas. Il avait été annoncé au fameux dîner, mais n'était jamais arrivé. Ça n'aurait pas été le meilleur moment pour le rencontrer, surtout une fois Juliette envolée, mais la question ne s'était pas posée. Bref, il avait toutes les caractéristiques de l'ami imaginaire, un ami amant, soi-disant plus depuis longtemps, ce que je préférais croire.

Si Jimmy témoin avait un sens, par contre ma mère, aucun. Je n'aurais pas relevé si Juliette m'avait laissé libre de choisir les miens, mais ça, c'était trop demander. Guillaume était son homme à abattre, et leurs retrouvailles ratées n'avaient rien arrangé. Homme à abattre ou pas, il était mon frère de sang, celui que je m'étais choisi depuis longtemps, et il serait mon témoin, point. Je savais maintenant qu'il était vain d'espérer leur réconciliation, mais Juliette devrait le tolérer le jour du mariage, pour moi, avec interdiction formelle de déclencher la moindre engueulade. Le reste du temps, les barricades pouvaient rester dressées, je ne tenterais plus de les amener à signer un acte de paix. Quant à mon frère, l'autre, le vrai, j'avais été témoin à son mariage, et il me semblait naturel de lui rendre la pareille. Juliette se moquait de ces considérations, elle trouvait ça nul. Elle se mettait en colère à chaque fois que le sujet était abordé, trop souvent, et j'avais beau lui expliquer qu'il y avait des codes dans ma famille et que ça ne me dérangeait pas de les respecter, elle s'obstinait à y accorder une importance démesurée. Tout ça sans même avoir rencontré mon frère, et sans considérer que ma mère, qu'elle louait du matin au soir, serait contrariée qu'il en soit autrement.

La veille au soir, après une heure de chamaillerie sur le sujet, j'avais élevé la voix pour imposer que chacun soit libre de ses choix. Il n'y avait aucun consensus donc personne ne serait lésé, sauf Juliette parce que ça lui tenait plus à cœur que moi, mais j'avais refusé d'entendre cet ultime argument, déballé dans le noir, alors que nous étions déjà couchés. Je n'avais rien répondu, je lui avais tourné le dos et avais tenté de m'endormir, sans y arriver.

Jimmy

« J'ai quelque chose à te demander.
— C'est non.
— Je t'ai pas dit quoi.
— C'est préventif.
— Je voudrais que tu sois mon témoin.
— Ton témoin ?
— Ouais, le gars qui signe à côté de moi.
— Ça c'est le marié.
— Arrête de déconner.
— OK.
— OK, ça veut dire oui ?
— Oui. »

Elle a vite raccroché, des fois que je change d'avis. Elle s'attendait à davantage de résistance, mais j'avais accepté tout de suite, sans prendre le temps de réfléchir.

Pourquoi ?

J'ai souri.

J'étais flatté.

Quel con !

Flatté de quoi ?

Vraiment pas de quoi.

Et je ne la planterais pas, pas cette fois. Je l'accompagnerais dans cette aliénation volontaire, je ne tenterais rien pour l'arrêter, aucun acte de bravoure pour la sauver, je la laisserais s'écrouler, allant jusqu'à signer moi-même le registre, et je disparaîtrais juste après.

J'ai regardé ma montre, midi pile, c'était l'heure de l'apéritif.

Le mariage était l'acte le moins romantique au monde.

Je me suis servi un whisky.

Signer un contrat au nom de l'amour était antinomique.

J'ai bu mon verre d'une traite.

Un engagement à vie, la fin de soi.

Une gorgée au goulot.

Des œillères sur les yeux et sur le cœur, la sclérose des sentiments.

C'était mieux dans un verre.

Comme dans ces jeux où les candidats devaient décider s'ils partaient avec l'argent déjà gagné ou s'ils le remettaient en jeu. Les gens qui se mariaient devaient être les mêmes que ceux qui arrêtaient le jeu, des frileux.

Je suis allé chercher des glaçons.

Des gens qui fuyaient leur liberté.

Que cherchaient-ils à travers cet acte, mettre leur bel amour sur la place publique ? Le reste du monde s'en foutait, l'amour des uns n'avait jamais réchauffé le cœur des autres, au contraire, il agaçait ceux qui en manquaient et glissait sur ceux qui pensaient l'avoir déjà trouvé. Proclamer leur réussite dans leur recherche de l'âme sœur ? Cette réussite restait à confirmer, il ne suffisait pas de passer les qualifications pour être déclaré champion. En finir officiellement avec la quête de l'amour ? Autant déclarer le romantisme mort et enterré, la quête de l'amour étant aussi belle que l'amour lui-même. Se prouver leur amour en déboursant plusieurs milliers d'euros pour s'autocélébrer ? C'était d'une vulgarité…

Cul sec.

Pour le meilleur et pour le pire, mais pourquoi s'embarrasser du pire, et de quel pire parlait-on ?

« Femmes battues, trompées, vous avez signé, vous devez rester. Hommes malmenés, frustrés, vous avez signé, vous devez rester. Le bonheur vous tend les bras ailleurs ? Vous avez signé, vous devez rester ! »

Rester, quoi qu'il arrive, le prix du paradis, sacrifice de soi sur l'autel d'une tradition ancestrale.

Une clope.

Le divorce, la réponse offerte comme antidote, un mariage sur deux en France, et tout le monde préférant l'ignorer au moment de se marier. Jusqu'à ce que la mort les sépare, ou le divorce, probabilité : cinquante-cinquante. La société avait lâché du lest et le naturel était revenu au galop. Pourtant, ils continuaient de se marier, et dans les règles de l'art : église, robe blanche, familles au grand complet, invitant même les arrière-grands-tantes que jamais ils ne reverraient. Puis ils se séparaient, sans égard pour les belles promesses échangées. Ils n'auraient pas dû se marier, ils ne savaient pas, ils y avaient cru, ils s'étaient trompés.

Un verre d'eau, le whisky m'avait donné soif.

Personne ne devrait plus se marier.

Et les homosexuels qui combattaient pour obtenir ce droit ! La norme à tout prix, insensé.

Le whisky me donnait des palpitations.

J'espérais encore que Juliette renoncerait. Plus ce serait tard, plus ça aurait de panache. Le jour du mariage serait d'un chic absolu, bien sûr. Et là, je serais fier d'être son témoin, je signerais avec plaisir sur le registre des non-mariages. Je l'embarquerais pour une bringue de folie, je serais son humble serviteur, Ricard à gogo et nuit d'amour pour la demoiselle, que tous les plaisirs lui soient offerts.

Sur ces douces pensées, je suis retourné me coucher.

Paul

Nicole exultait, une vraie gamine.

« Elle veut que je sois son témoin, elle veut que je sois son témoin ! »

J'avais compris, pas la peine de le répéter comme ça, à tue-tête. Elles avaient passé une heure au téléphone, et il n'avait été question que de ça. J'avais eu le temps d'enregistrer l'information. Ma femme avait un peu protesté au début, pour la forme, demandant si elle ne prenait pas la place de quelqu'un d'autre, quelqu'un dont Juliette aurait été plus proche, depuis plus longtemps, mais Juliette lui avait assuré que non. Nicole en était devenue rose de plaisir. Elle s'était mise à parler plus fort et plus vite qu'à l'accoutumée, des préparatifs, du déménagement de Benjamin, de la robe, des faire-part, elles avaient tout passé en revue dans la plus grande excitation.

Je ne reconnaissais plus Nicole, j'étais déboussolé. La femme avec laquelle je vivais depuis trente-cinq ans, dont je croyais connaître les moindres traits de caractère, bons et mauvais, dont les réactions m'étaient aussi familières que les miennes, cette femme s'effaçait, se transformait. Je la retrouvais par moments avant de la perdre de nouveau. Elle se désintéressait de notre quotidien, obnubilée par Juliette, le mariage, sa relation avec Juliette, les opinions de Juliette, la vie de Juliette, le manque d'équilibre de Juliette, le besoin d'amour de Juliette, j'entendais parler de Juliette du matin au soir. Ma femme était intarissable, elle se laissait vampiriser, et je ne savais pas comment arrêter ça.

Je me sentais dépossédé.

Comme un mari trompé.

J'espérais que ça ne durerait pas, je m'accrochais à cette idée. Juliette allait se lasser de Nicole, ou l'inverse, ce que je préférerais.

J'avais appelé Benjamin dans la semaine. Il avait été surpris, je ne l'appelais jamais, je n'appelais jamais personne, c'était Nicole qui s'en chargeait. Il s'était inquiété. Je n'avais pas parlé de ce qui me taraudait. Qu'est-ce que j'aurais pu lui dire ? Lui demander d'empêcher Juliette d'appeler sa mère ? J'aurais été ridicule. Je lui avais proposé de l'aide. De l'aide pour quoi ? La conversation n'avait pas duré.

Je m'angoissais trop peut-être, mais je n'aimais pas les changements, surtout les changements brusques, surtout les changements de Nicole. Elle était mon havre de paix, mon refuge, je ne pouvais m'imaginer vivre sans elle. Nous n'en étions pas là, bien sûr, mais depuis toujours, j'avais vécu avec l'angoisse de la perdre un jour.

Je n'avais jamais compris pourquoi cette jolie fille, la sœur d'un de mes copains, m'avait choisi. Nous étions tout un groupe et elle ne manquait pas de prétendants. Je la regardais sans espoir, j'étais si timide, si maladroit, et il y avait des garçons tellement plus drôles que moi. Nous discutions souvent ensemble, mais je pensais que ça n'irait pas plus loin, jusqu'à ce fameux soir où elle m'avait pris la main. Quelque chose m'avait traversé tout le corps et j'avais serré sa main trop fort. Elle avait ri et dit que j'allais la broyer.

Je m'étais trouvé bête. Nous avions continué de marcher, ma tête était vide, je ne savais plus quoi dire. Je voulais ne jamais arriver, je craignais qu'il n'y ait plus de moments comme celui-là. Elle s'était arrêtée, m'avait regardé dans les yeux, un sourire placide sur ses lèvres offertes, et j'avais osé, je l'avais embrassée.

La seule femme de ma vie.

Je n'avais connu personne d'autre. Elle, si, elle avait eu un chagrin d'amour avant moi. Je le savais par son frère, mais je n'avais jamais osé aborder le sujet avec elle.

Nous nous étions mariés un an après notre premier baiser et les garçons étaient arrivés dans la foulée. Ma vie s'était installée, plus belle que je l'avais imaginée. Nicole était la femme idéale. Elle me rassurait, m'encourageait, elle était gaie et se consacrait à ses hommes avec plaisir et bonne humeur. Nous étions sa vie, elle était la mienne, je me sentais tranquille auprès d'elle.

Jusque-là.

Je n'aimais pas les changements qui s'opéraient. Ils ne cadraient pas avec la Nicole que je connaissais. C'était à cause de Juliette. J'avais flairé dès sa première visite qu'elle représentait un danger. Je n'avais qu'une envie, la voir disparaître. Je ne comprenais pas Benjamin, lui d'habitude si sensé dans ses choix, si raisonnable, et j'étais encore plus étonné de voir ma femme piégée par cette gamine.

Étais-je le seul à la voir telle qu'elle était ?

J'avais essayé d'en parler à Nicole, mais elle n'avait rien voulu entendre. Elle était d'accord pour dire que Juliette pouvait réserver des surprises, et pas forcément des bonnes, mais elle lui trouvait mille excuses. Il fallait lui laisser une chance, c'était le leitmotiv. Une chance de quoi ? je me le demandais. Une chance de rendre notre fils malheureux, une chance de rompre l'équilibre de notre famille ? Ma légendaire prudence me desservait, elle la brandissait comme fin de non-recevoir à mes inquiétudes, elle m'accusait de diaboliser Juliette, d'avoir peur de mon ombre, et de l'empêcher de respirer.

C'était la dernière nouveauté, je l'empêchais de respirer.

Mathilde

Je suis arrivée à la médiathèque et j'ai fumé une cigarette, assise sur le banc où Benjamin et moi avions passé tant de pauses quelques mois auparavant.

Je m'étais levée le matin avec l'envie irrépressible de le voir et de lui parler. Pourtant, ces derniers temps, mon besoin de lui s'était estompé. Guillaume avait pris plus de place, il avait rempli le vide et je pensais être guérie.

Et puis, il y avait eu la soirée d'hier.

Benjamin avait appelé Guillaume pour lui demander d'être son témoin. Il avait accepté, se justifiant en me disant qu'il n'avait pas eu le courage de refuser. Pour quelqu'un qui ne voulait pas aller à ce mariage, je trouvais ça curieux. Curieux et lâche. Je n'avais rien dit et il avait surenchéri, transformant sa faiblesse en acte de guerre, il avait accepté pour provoquer Juliette. Je m'étais retenue de dévoiler le fond de ma pensée, comme je trouvais minable sa façon de transformer la réalité, comme j'en avais marre de Juliette et de sa séduction ensorcelante, comme je voulais revenir quelques mois en arrière, quand Benjamin me tournait autour, déchiré entre son sens moral et son envie d'être avec moi. J'étais si belle à ce moment-là, si forte. Maintenant, je m'abaissais à coucher avec son meilleur ami par esprit de vengeance.

J'avais rêvé de Benjamin toute la nuit, des rêves d'une douceur terrible. Il était là, il me prenait dans ses bras, il ne se passait rien de plus, j'étais bien. Au réveil, j'avais gardé les yeux fermés pour prolonger ce moment, me rendormir et replonger dans cette atmosphère feutrée et caressante. Ça n'avait pas marché, je m'étais mise à penser. Je n'aimais pas Guillaume. Je l'aimais bien, mais ça n'avait rien à voir avec ce que je ressentais pour Benjamin. Puis une idée désagréable s'était immiscée, celle que Benjamin nous comparait Juliette et moi de la même manière, et je m'étais levée.

Benjamin était déjà arrivé, son vélo était cadenassé à l'endroit habituel. Je l'imaginais, trois étages au-dessus, en train de préparer le café, récupérer les tasses des uns et des autres, les laver, comme presque tous les matins.

J'étais venue sans trop réfléchir, et maintenant j'hésitais. Monter ? Attendre qu'il descende fumer ? Partir ? Qu'est-ce que je pourrais lui dire ?

« J'ai rêvé de toi, nous étions si bien, quitte tout, oublie ce mariage et emmène-moi. »

Débile.

« Je passais dans le coin, je me suis dit que ce serait sympa de te voir, on descend fumer ? »

Et après ? Continuer comme si de rien n'était, comme si je ne souffrais pas, comme si je ne mourais pas de jalousie ? Chercher dans ses sourires des sentiments qui n'y étaient pas ? Poser des questions sur Juliette et leur mariage en espérant trouver dans ses réponses une trace de discorde ?

Je me méprisais.

Je n'avais pas à être là, pas à être sur la liste des invités de ce mariage, pas à être avec Guillaume.

Je perdais mon temps.

Pourtant je méritais qu'il m'aime, j'étais faite pour lui, nous avions tant de choses en commun.

Encore cinq minutes, une cigarette, et je partirais.

Pourvu qu'il descende.

« Salut, Mathilde, qu'est-ce que tu fais là ?

— Ah ! salut, je passais voir Benjamin, un truc à lui demander, je finissais ma clope, comment tu vas ?

— Bien ! Ça fait plaisir de te voir ! »

Je n'en croyais pas un mot. Peggy m'avait bien accueillie quand j'étais arrivée et m'avait détestée dès que je m'étais rapprochée de Benjamin. J'étais convaincue qu'elle était amoureuse de lui, une hypothèse qu'il n'avait jamais voulu prendre au sérieux.

« Tu travailles toujours aux disques ?

— Oui, avec Benjamin, on se marre bien. »

Elle essayait de me rendre jalouse cette idiote. J'ai éteint ma cigarette, je n'avais aucune envie de poursuivre la discussion.

« Tu sais qu'il va se marier ?

— Bien sûr, je suis invitée, et toi ? »

Elle n'a pas eu le temps de me répondre.

« Ça c'est une surprise ! »

Benjamin était là, il avait son jean dix ans d'âge, ses baskets trouées et son pull marin. Ses cheveux étaient ébouriffés et il avait encore la marque de l'oreiller sur la joue. Il était craquant. Il nous a embrassées, en me regardant en coin, interrogatif.

« Qu'est-ce que tu fais là ? »

Peggy m'a prise de vitesse.

« Elle a un truc à te demander…

— Oui, quoi ? »

Rien ne me venait et je me suis sentie rougir. Peggy ne me quittait pas des yeux, Benjamin non plus, et je m'étais rarement sentie aussi ridicule.

« Rien, il faut que j'y aille, je t'en parlerai plus tard. »

Bertrand

« Je pars faire un tour !
— C'était qui au téléphone ?
— Benjamin.
— Qu'est-ce qu'il voulait ?
— Que je sois témoin à son mariage. »

Je n'ai pas attendu le commentaire de Jessica, j'ai filé au garage pour attraper mon vélo et disparaître sur la route. J'aimais les moments de solitude que m'offrait cette activité, réfléchir quand la route était plate, ne plus penser à rien quand ça grimpait. Je revenais fatigué, vidé, angoisses et mauvaise humeur évacuées.

Les premières minutes ont été difficiles, comme toujours, la sortie du village, toute en montée, muscles crispés et douleur progressive des genoux jusqu'en haut des cuisses. Je me suis retrouvé au milieu des champs et me suis engagé sur un chemin cabossé que j'avais parcouru des dizaines de fois, pas une âme aux alentours, le silence, la nature, c'était exactement ce dont j'avais besoin.

Je n'arrivais pas à imaginer le mariage de Benjamin. Lui non plus peut-être. Je n'avais décelé aucun enthousiasme particulier dans sa voix. Je l'avais incité à me raconter Juliette, à me parler d'eux et de l'organisation des festivités, mais j'avais eu l'impression de l'ennuyer.

Je me souvenais de mon propre mariage. Huit ans déjà. J'étais jeune, vingt-quatre ans. Jessica était la plus belle et la plus douce de toutes les femmes du monde, et je voulais qu'elle porte mon nom, qu'elle soit la mère de mes enfants, que le monde entier la voie, toute de blanc vêtue et à mon bras, couple magnifique sur le parvis de l'église. Nous avions passé un an à l'organiser. Je voulais que tout soit parfait, que Jessica soit comblée. Je consultais ma mère dont le bonheur s'épanouissait au fur et à mesure des semaines et des mois, et je rassurais mon père qui s'inquiétait du nombre d'invités, du traiteur, de la météo, du photographe, du plan de table, bref, qui s'intéressait à sa manière. Ce mariage était l'occasion de redonner une famille à Jessica qui n'avait plus ses parents. J'étais vivant, important, j'avais l'impression de prendre ma vie à bras-le-corps, quittant le monde de l'enfance et de l'adolescence pour devenir un homme. Cette année était une des plus belles de ma vie. Jessica, dépassée par les événements, m'accordait une confiance absolue. Elle me consultait pour tout, j'étais son homme, son héros, elle s'en remettait à moi, et son regard confiant me rendait plus grand.

Huit ans seulement. J'étais le dernier à penser que les choses pourraient changer, je l'aimais tant.

Chez Benjamin, je ne sentais rien de cet élan. Juliette semblait mener la danse, un tempérament de feu d'après mes parents. Ma mère la chérissait et mon père la redoutait, mais ils étaient d'accord pour dire que Benjamin l'adorait. Pourtant, il restait dans son habituelle réserve. Nous étions vraiment différents. Peut-être que l'idée d'être sur le devant de la scène ne lui plaisait pas, même pour une journée, même au bras de Juliette.

J'étais flatté qu'il me choisisse comme témoin, mais ce n'était pas le bon moment, juste quand la famille me pesait, quand je luttais contre moi-même pour ne pas me laisser embarquer loin de cette vie rangée. Un an plus tôt, j'aurais été ravi, j'aurais eu envie de m'investir, d'être près de lui, de partager mon expérience, j'aurais été son plus fervent supporter, prêt à assurer l'animation, à faire valser la mariée et divertir toutes les personnes âgées de l'assistance.

Dans un an, je ne savais pas si je serais toujours avec Jessica, frustré de ne pas m'être autorisé une vie différente, aigri d'être passé à côté de Marilyne qui était aux antipodes de la mère de mes enfants, qui me tournait la tête, m'amusait, m'excitait, Marilyne, si sexy que j'avais déjà fait pour elle quelques entorses aux serments prononcés huit ans auparavant.

Jessica. Quand j'imaginais la quitter, j'avais envie de pleurer, je ne pouvais pas, elle était ma femme et il y avait les filles. Elle était sans défense, elle serait effondrée, incapable de s'assumer. J'avais toujours aimé cette dépendance qu'elle avait vis-à-vis de moi, mais maintenant, elle m'emprisonnait. Pourtant, j'avais peur de la perdre, de regretter, je n'étais pas sûr de retrouver ce bien-être et ce sentiment de sécurité que j'avais près d'elle. Je n'avais jamais douté de nous, je m'étais marié, persuadé que ce serait pour toujours, et je refusais que mon mariage soit un échec. Je n'avais pas envie de renoncer à Jessica, et dans le même temps, j'étais obsédé par Marilyne. Je voulais juste m'offrir une parenthèse, je ne voulais pas vieillir avec Marilyne, mais profiter avec elle d'un épisode qui me redonnait mes vingt ans, en mieux. Juste une parenthèse, pourquoi n'était-ce pas possible sans passer du côté des salauds ?

J'ai accéléré le rythme, appuyant de toutes mes forces et de tout mon poids sur les pédales, je voulais m'évader de moi, ne plus avoir à choisir, je voulais que la vie me fiche la paix.

Benjamin

Juliette est partie à la suite de l'infirmier.

Prise de sang, examen médical prénuptial, chasse aux maladies sexuellement transmissibles et mesure de notre compatibilité en tant que futurs géniteurs… qui pouvait encore émettre la moindre réserve quant au romantisme du mariage ? L'État ne prenait pas la santé des futurs petits Français et de leurs parents à la légère, quoique le test HIV ne fût pas obligatoire, une lacune que notre médecin, un homme consciencieux, avait comblée en l'ajoutant à la liste des festivités.

Notre médecin.

Jusque-là, nous en avions un chacun, mais c'était une époque révolue. Juliette avait insisté pour que nous n'en gardions qu'un. Unis pour le meilleur et pour le pire, devant l'État, l'Église et la médecine.

Nous étions arrivés ensemble à la consultation. Le docteur nous avait félicités pour notre mariage comme s'il s'agissait là d'un acte héroïque… Après ces politesses, et sans même avoir levé les fesses de sa chaise pour mesurer notre tension ou écouter les battements de nos cœurs, il nous avait délivré une ordonnance à chacun, avec plus d'examens pour la demoiselle, des trucs de future mère, car mariage et procréation semblaient aller de pair. Puis l'addition était arrivée, un peu élevée pour un gribouillage que la préposée de la mairie aurait pu nous délivrer, mais il avait quand même eu la courtoisie de ne facturer qu'une consultation pour deux. Juliette avait réglé car je n'avais ni liquide ni chéquier, juste une carte bancaire que l'homme de science avait refusée avec un sourire désolé. Elle avait lancé une blague comme quoi il devenait urgent que nous ouvrions un compte commun pour ne plus se faire racketter de la sorte. Il ne manquait plus que ça ! L'État, l'Église, la médecine, et maintenant la banque…

Le Post-it m'avait ensuite nargué sur le frigo pendant une semaine : laboratoire, samedi 12 septembre, dix heures. Juliette nous avait pris rendez-vous… une vraie mère. Moi, j'aurais préféré venir seul et plus tard, à la fermeture, vers midi ou treize heures, pour savourer mon angoisse toute la matinée dans mon lit, me projeter dans ma vie qui pouvait basculer, séropo, soupeser le mot et l'affronter, mais elle ne m'avait pas demandé mon avis.

Nous avions déjà fait un test avec Juliette au début de notre relation, en jeune couple consciencieux, celui-ci aurait donc dû être une pure formalité, sauf que je n'avais jamais demandé à Mathilde son carnet de santé et que notre politique de prévention était très vite passée de médiocre à nulle.

De quoi me faire du mauvais sang, assis dans la salle d'attente du laboratoire, baignant dans le jus de mes angoisses et de ma culpabilité, même si la probabilité pour que Mathilde soit porteuse du virus et m'ait contaminé était minime. Imaginer devoir expliquer à Juliette par quel tour de passe-passe j'étais devenu séropositif sans la tromper m'épouvantait presque plus que d'affronter la maladie. J'ai jaugé les différentes excuses qui s'offriraient à moi : transfusion sanguine suite à un accident de la route dont je ne lui aurais pas parlé, viol par un homosexuel détraqué lors de la Gay Pride, shoot d'héroïne un soir de déprime avec des amis d'amis dans un squat crasseux du XVIIIe. Très convaincant. Je n'aurais plus qu'à m'exiler à l'autre bout de la Terre, et pourquoi pas avec Mathilde, mon innocente criminelle, pour me consoler de renoncer à Juliette.

Elle est revenue, sourire aux lèvres et coton au creux du bras. L'homme en blanc m'a prié de le suivre. J'ai baissé la tête, les yeux rivés à mon magazine, soudain subjugué par les photos du couple présidentiel se baignant dans la Méditerranée. Je n'avais pas terminé mon article, je ne pouvais pas y aller. Juliette m'a donné un coup de coude pour me rappeler à l'ordre. Inutile de lutter.

Je suis entré dans la pièce où m'attendait le siège de torture. Je m'y suis assis, l'air dégagé, et j'ai relevé ma manche, sans attendre les instructions. Une armée de tubes était alignée, prête à recueillir le sang des victimes. Le type a attrapé un élastique et me l'a attaché autour du biceps. Ma veine a sailli, la seringue était prête, la peau désinfectée, l'opération pouvait commencer. J'ai hésité à regarder, et puis non, j'ai fermé les yeux, appelant à la rescousse une image douce. Il m'a dit de respirer, l'aiguille est entrée. Mathilde m'est apparue, un rictus mauvais aux lèvres. J'ai rouvert les yeux, paniqué. Mon sang s'écoulait, rouge sombre. Il a desserré le garrot, deuxième tube. Mon bourreau, d'un calme olympien, ne me regardait pas. L'aiguille est sortie, cachée par le coton qu'il m'a demandé de tenir, un sparadrap, c'était fini. Fini de moi ? Il m'a souri et m'a invité à rejoindre Juliette dans la salle d'attente.

Juliette

Benjamin était toujours dans la salle de bains, il était d'une lenteur pour démarrer le matin ! Il avait emménagé chez moi le week-end précédent, et tous les jours, il m'avait mise en retard. Pour le travail, soit, mais aujourd'hui, c'était autrement plus important, nous devions nous rendre à la mairie pour déposer notre dossier. Trois mois que nous traînions pour le rapporter. D'après Benjamin, nous n'étions jamais à une semaine près. Il était si désinvolte que c'en était à se demander s'il voulait vraiment se marier.

J'ai vérifié pour la dixième fois si le dossier était complet. Tout était là, y compris la fiche d'état civil de Jimmy que j'avais reçue par la poste avec la citation suivante : *Les chaînes du mariage sont si lourdes qu'il faut être deux pour les porter, parfois trois. Alexandre Dumas.* J'avais jeté le papier.

Mais qu'est-ce qu'il glandait ? Il était enfermé là-dedans depuis au moins une demi-heure ! J'ai frappé et suis entrée sans attendre de réponse. Le spectacle valait le détour : il fumait, à poil, les yeux fermés, allongé dans la baignoire vide.

« Qu'est-ce que tu fous ? »

Il s'est mis à chantonner, sans me regarder.

Je fume
Contre tous les avis
Je fume
Sans trêve et sans répit
Je fume
Pour l'amour de la vie
Je fume
À m'en relever la nuit
À m'en relever la nuit

Je n'avais rien contre Brigitte Fontaine mais là, je n'étais pas d'humeur, ça me démangeait de l'attraper et de le secouer pour calmer mes nerfs. Je ne supportais pas que les choses aillent lentement quand j'étais speed, ça me donnait envie de tout casser. Benjamin a éteint sa clope en l'écrasant dans le fond de la baignoire. J'ai inspiré profondément avant de reprendre sur un ton qui se voulait le plus neutre possible.

« Tu t'es douché ?

— Pas encore.

— Putain, qu'est-ce que t'as ce matin ? »

Il n'a rien répondu.

Il n'a pas non plus bougé.

« C'est quoi ton problème ? »

Il est resté silencieux.

Je commençais à me sentir mal à l'aise, pressentant que ce comportement n'était pas juste une bizarrerie d'humeur de Benjamin. Il ne pouvait pas me planter maintenant, c'était impossible.

Il ne me regardait pas, il n'osait pas.

J'avais la question au bord des lèvres mais je ne pouvais pas la poser, lui donner l'opportunité de jeter l'éponge, d'abandonner. Il ne pouvait plus reculer, il n'avait pas le droit, je ne voulais pas. Je devais dire quelque chose, n'importe quoi pour repousser le danger.

« Je te confisque tes clopes et je veux entendre l'eau couler, il est neuf heures quarante, il faut qu'à dix heures on soit partis.

— Je serai prêt. »

Trois mots qui m'ont soulagée.

Il a fermé le rideau de douche. Je suis restée un instant immobile, les yeux rivés à la baleine qui ondulait sur le plastique. Il ne bougeait pas, je voyais son ombre, toujours assise.

« Benjamin ?

— Oui, j'ai compris. »

Il s'est enfin levé.

J'ai attendu que l'eau coule pour sortir de la salle de bains, et j'ai composé le numéro de Nicole. C'est Paul qui a répondu, elle était partie faire des courses. J'ai allumé la télé, avec le son très fort, exprès, pour couper court à mes pensées. J'ai zappé : TF1, le pape, France 2, le pape. Je ne savais pas qu'il était en France et je m'en cognais, mais ça m'a rappelé que je devais prendre rendez-vous avec le curé. France 3, dessin animé, Canal +, codé, France 5, *Oui-Oui.* Je l'ai regardé pendant cinq minutes dodeliner du bonnet, mais malgré toute la nostalgie que le bonhomme m'inspirait, c'était insupportable de lenteur et de bons sentiments. Arte, documentaire sur les enfants soldats en Sierra Leone, haut les cœurs de bon matin.

Le téléphone a sonné.

Nicole.

J'ai éclaté en sanglots. Elle a paniqué. J'ai continué de pleurer et elle m'a pressée de lui dire ce qui se passait. J'ai réussi à bredouiller que Benjamin ne voulait plus se marier. Il est sorti de la salle de bains.

Nicole a voulu lui parler, je ne devais pas m'inquiéter, tout allait s'arranger. J'ai tendu le téléphone à Benjamin, sans me laisser démonter par son air exaspéré.

« …

— Mais…

— …

— Mais laisse-moi parler !

— …

— Non, j'ai jamais dit ça.

— …

— Je ne traite pas Juliette de menteuse, mais elle se fait parfois des idées…

— Bon, écoute, tu nous retardes, là, on doit aller à la mairie, à force, c'est à cause de toi qu'on ne pourra pas se marier.

— …

— Je suis gentil avec elle, Maman, j'aime Juliette, il n'y a aucun problème, OK ? »

J'ai souri de toutes mes dents.

Solange

« Salut,

Maman fait encore des siennes, elle m'a téléphoné pour me donner ses conditions pour venir à mon mariage… ses conditions, tu te rends compte ? Je me marie et tout ce qu'elle trouve à faire, c'est cet odieux chantage !

Elle veut te voir en tête à tête, et me demande pas pourquoi, ses explications étaient tellement confuses que j'ai abandonné l'idée de comprendre.

Appelle-moi.

Bisous,

Juliette. »

Michel m'avait transféré le mail avec ce commentaire : « Je préférerais éviter… »

Je l'ai appelé mais c'était occupé.

Il ne m'avait jamais beaucoup parlé de Christiane. Je connaissais leur histoire dans les grandes lignes, une histoire banale et triste, une grossesse qui avait embarqué un jeune couple dans un mariage qui n'aurait pas dû avoir lieu, et qui, sans surprise, n'avait pas fonctionné. Michel avait toujours su que ce serait difficile pour elle de s'en remettre, mais il n'avait pas imaginé à quel point. D'ailleurs, il n'aimait pas en entendre parler et changeait de sujet quand Juliette étalait les crises et les larmes de sa mère, sa dépression qui ne la quittait pas et qui le culpabilisait. Selon moi, il n'y avait pas de quoi, il avait bien fait de partir. Une erreur de jeunesse ne justifiait pas de se brimer toute une vie. Pourquoi se serait-il sacrifié, lui, pour son bonheur à elle ? Et quel bonheur ? Un bonheur artificiel, consenti à contrecœur ? Ce n'était pas ça la vie.

J'ai essayé de le joindre de nouveau, sans succès. Il était probablement avec Juliette, en train d'essayer d'esquiver.

Certains jours, je m'estimais heureuse de ne pas avoir de famille, j'étais libre. Mon père avait déserté dès les premiers signes de mon existence et ma mère était décédée quand j'avais vingt et un ans. Je n'avais ni frères ni sœurs, ni oncles ni tantes, plus de grands-parents, ou peut-être encore une grand-mère que je ne connaissais pas.

J'étais seule.

Je le vivais bien.

Pas comme ma mère qui avait tant souffert du départ de mon père, peut-être parce qu'elle l'aimait mais surtout parce qu'elle s'était retrouvée au ban de la société. Fille mère, la honte absolue. Ma grand-mère n'avait jamais voulu la revoir. Mon grand-père avait dû lui cacher qu'il nous aidait, qu'il nous avait trouvé un appartement et nous donnait régulièrement de l'argent.

Ma mère me manquait.

Mon grand-père aussi.

Ils étaient morts la même année.

Ma mère voulait se marier, c'était le rêve de sa vie, se réconcilier avec ma grand-mère et redevenir respectable. Beaucoup d'hommes passaient dans notre appartement. Ils lui promettaient la lune, je les entendais du fond de mon lit où je devais rester discrète, cachée même, jusqu'à ce que ma mère soit sûre qu'ils m'acceptent. Elle les laissait la toucher, pensant chaque fois que c'était le bon, prête à leur donner ce qu'elle avait, son pauvre corps, malgré sa peur de retomber enceinte. Je les détestais, ils étaient tous pareils, ils refermaient leur braguette et prenaient la poudre d'escampette dès que j'apparaissais.

Et j'en voulais à ma mère aussi.

Je lui en voulais de s'abaisser à mendier auprès d'hommes qui ne nous méritaient pas cette faveur de la demander en mariage. Elle me disait que nous serions plus heureuses si nous étions une famille, mais pour moi, c'étaient grand-père et elle ma famille.

Elle avait fini par se marier avec un type qu'elle n'aimait pas. Je n'étais pas devenue plus heureuse. Elle non plus. Il n'était pas gentil, il rentrait tard, il buvait trop, et ma mère pleurait souvent.

J'étais partie dès que j'avais pu.

Un an après, ma mère était morte, à quarante ans, et je m'étais juré que ma vie ne serait pas comme la sienne.

Michel

Je me suis interrompu au milieu de ma phrase. Juliette a suivi mon regard. Christiane venait d'entrer. Je ne l'avais pas vue depuis dix ans, et les souvenirs que j'avais des dernières fois où nous avions échangé trois mots, contraints et forcés, les joies de la garde alternée, ne m'avaient pas préparé à ça.

Christiane avait cent ans.

Elle avait une démarche mal assurée, une démarche de personne âgée, la tête dans les épaules, les bras trop raides et les pieds avançant à tout petits pas. Elle ne quittait pas Juliette du regard, comme si personne d'autre n'existait. Je la savais malade, dépressive, un peu alcoolique peut-être, mais je n'en étais pas moins déconcerté par son vieillissement prématuré.

Elle est arrivée à notre table et le temps s'est arrêté. Christiane regardait Juliette, je regardais Christiane, Juliette nous regardait. Personne n'osait les premiers mots, alors je me suis dévoué.

« Bonjour, Christiane. »

J'avais parlé tout doucement, comme on le fait dans l'ambiance confinée d'un hôpital. Je m'étais levé aussi, sans bien savoir comment me comporter, si je devais lui serrer la main, l'embrasser, la prendre dans mes bras, ou garder la distance et me rasseoir.

Elle a levé la tête vers moi.

J'ai posé mes mains sur ses épaules et je lui ai claqué deux bises, des bises sonores, dynamiques, des bises qui luttaient contre la détresse qui émanait d'elle.

Elle s'est laissé faire, atone.

« Salut, Maman ! Ça va ? T'as trouvé facilement ? Assieds-toi. »

Christiane n'avait toujours rien dit. Je me retenais pour ne pas me sauver en courant, elle avait l'air d'une folle.

« Maman, assieds-toi ! »

Juliette avait haussé le ton. J'avais bien fait d'insister pour qu'elle soit là.

« Bonjour. C'est si étrange d'être tous les trois. »

Je me suis assis, rassuré. Elle s'exprimait normalement, sa voix ne chevrotait pas, ne traînait pas, c'était une voix de cinquante ans, un peu rauque peut-être, mais je la reconnaissais sans peine. Elle s'est assise, elle aussi. Elle nous regardait maintenant tour à tour, Juliette et moi.

« Excusez-moi, c'est un mauvais jour, je souffre atrocement, mon arthrose… »

J'ai vu Juliette se raidir.

J'étais fasciné. Les liens du mariage auraient dû m'unir à cette femme pour toujours. J'essayais de me projeter dans cette vie sans y parvenir. Moi, auprès d'une vieille femme, une femme malade, ma femme, jusqu'à ce que la mort nous sépare.

Juliette s'est mise à parler pour nous trois : commentaire du menu, choix du vin, sa journée, Benjamin… Christiane et moi restions discrets, concentrés sur la carte, puis sur le contenu de nos assiettes. J'étais déstabilisé, envahi par mes souvenirs et assommé par le désarroi dans lequel je sentais cette femme qui m'était étrangère et familière à la fois, dont le bonheur avait dépendu de moi, malgré moi, et que j'avais précipitée du haut de la falaise. Non, cela dépassait ma responsabilité, je ne l'avais pas précipitée du haut de la falaise, je l'avais juste quittée.

Soudain, Christiane a interrompu Juliette.

« Je veux qu'on parle du mariage. Je ne suis au courant de rien, ce n'est pas normal ! »

Christiane triturait sa serviette en gardant les yeux rivés à son escalope de dinde. Elle n'avait rien mangé. Elle devait avoir maintes fois retourné dans sa tête ces quelques mots, elle les avait même peut-être répétés à haute voix pour ne pas flancher ce soir.

J'ai cherché des paroles apaisantes, rassurantes. Nous allions la consulter, bien sûr, d'ailleurs nous devions bientôt déjeuner dans le restaurant que nous avions choisi pour fêter le mariage. Bientôt, oui, avec les parents de Benjamin, elle était la bienvenue. Juliette ne disait plus rien. J'ai tendu la main pour l'empêcher de gratter son eczéma, un geste que j'avais répété des milliers de fois depuis qu'elle était petite. Elle n'avait pas envie que sa mère vienne, je le savais, je la comprenais, mais nous n'avions pas le choix.

Le curé

Juliette et Benjamin.

Encore deux jeunes gens qui voulaient se marier devant Dieu pour de mauvaises raisons. Ils n'avaient ni l'un ni l'autre mis les pieds dans une église depuis plus de dix ans mais tenaient à ce que leur mariage ressemble à la carte postale : la mariée remontant la nef au bras de son père sous les regards bienveillants, la solennité du lieu, l'émotion de l'arrière-garde familiale et le jeune couple incarnant le bonheur sur le perron de l'église.

Un décor de carton-pâte et un faux curé leur auraient suffi mais ça n'existait pas, alors ils se prêtaient aux hypocrisies d'usage pour que l'Église accepte de jouer leur jeu. J'étais fatigué de ces faux-semblants et pourtant je leur avais dit oui. À contrecœur. Pour maintenir de bons chiffres, ou tout au moins de pas trop mauvais, l'Église n'étant pas la dernière des hypocrites. Ils étaient tous deux baptisés, c'était déjà ça, je n'aurais pas de démarche de dispense à effectuer.

Juliette, elle, présentait une motivation inversement proportionnelle à son éducation religieuse. Elle m'avait expliqué avec le plus grand sérieux qu'elle se souvenait très bien des séances de catéchisme avec sa mère lorsqu'elle était petite. Elle avait adoré. Malheureusement, ça n'avait pas duré, des parents pas très croyants et vite divorcés, avait-elle cru bon d'ajouter sur un ton de victime, comme si cela constituait une quelconque excuse, comme s'il y en avait besoin d'ailleurs. Benjamin, lui, avait suivi le cursus complet, c'étaient ses termes, jusqu'à la communion solennelle, mais il avait laissé tomber juste avant la confirmation. L'adolescence, avait-il ajouté en guise d'explication avec un sourire indolent.

Je n'avais pas insisté. J'étais fatigué et je ne savais que trop bien ce qu'ils pensaient. J'avais discuté avec des dizaines de jeunes gens comme eux. Je mesurais dans leur regard le peu d'estime qu'ils éprouvaient à l'égard de notre maison. Ils ne croyaient pas et considéraient que ceux qui croyaient étaient des demeurés, à plus forte raison ceux qui y consacraient leur vie. Forts de cette conviction, ils pensaient m'abuser avec leurs mines contrites et leurs propos de circonstance. Quelques années plus tôt, je relevais mes manches et partais à leur rencontre, quelle que fût leur avancée sur le chemin de la spiritualité. Maintenant je les laissais repartir persuadés qu'ils m'avaient dupé. Mes ambitions s'étaient fanées. Je ne tentais plus de convertir personne, n'aidais pas grand monde et me contentais de me dépêtrer avec une religion qui avait du mal à rivaliser avec la sécularisation et le matérialisme ambiants. Je cultivais ma vie spirituelle avec la culpabilité de ne plus être assez tourné vers les autres, en restant disponible, mais sans plus chercher à convaincre ni à dialoguer en dehors de ma communauté.

Je leur avais posé quelques questions de pure forme sur leurs sentiments, les liens qui les unissaient et les raisons qui les amenaient aujourd'hui à se marier. Ils m'avaient répondu en pesant chacune de leurs paroles, il y avait ce qu'ils pensaient pouvoir dire, ce qu'ils censuraient, et ce qu'ils inventaient en espérant répondre à mes attentes. Ils ne pouvaient pas deviner que je n'attendais plus grand-chose. Les bons jours, j'arrivais à trouver à ces entrevues quelque chose d'enfantin et de touchant. Les mauvais, j'en ressentais juste une infinie tristesse.

J'avais accepté de bénir l'union de Juliette et Benjamin et je les avais conviés aux réunions préparatoires d'usage pour qu'ils rencontrent d'autres couples, en espérant les amener à réfléchir sur la signification de leur engagement, sur un terrain non religieux, seule façon d'espérer aller au-delà des propos hypocrites et creux.

Après les formalités d'usage, je les avais raccompagnés à la porte et les avais regardés s'éloigner, main dans la main. Ils devaient se dire que c'était une bonne chose de faite, une corvée de moins dans la longue liste des préparatifs de leur mariage, au même rang que le choix des faire-part, du restaurant et du photographe.

Juliette

Elle avait gagné. Du fond de son trou, elle avait réussi à se hisser, juste assez pour ne pas être oubliée, et maintenant je devais l'appeler. La réservation au restaurant était confirmée. Tout le monde était au courant sauf elle. J'avais menti, dit à mon père que la date lui convenait sans lui en avoir parlé. Pas l'envie, pas le courage. Elle s'arrangerait pour venir, quoi qu'il arrive, je le savais.

L'autre soir, j'avais vu à travers la réaction de mon père son niveau de décrépitude extrême, bien au-delà de ce que je me représentais parce que je refusais de vraiment la regarder. La colère et la pitié m'avaient prise en étau. Je ne voulais pas être là, je ne voulais plus de cette mère et culpabilisais d'avoir des pensées pareilles. J'avais peur de son désespoir, peur de chuter avec elle, je me débattais, refusant de la laisser me contaminer. Je voulais partir loin d'elle sans m'y résoudre, et je la détestais de l'aimer.

Mon père avait passé une soirée désagréable, rien de plus. Il avait cédé à ce que ma mère demandait et il était rentré chez lui, choqué, attristé même peut-être, mais surtout soulagé, soulagé de ne plus rien partager avec elle. Rien à part moi, mais ça ne comptait pas, ça n'avait jamais compté.

Je rêvais d'une mère protectrice, d'une vraie mère. Avec la mienne, les rôles étaient inversés. J'enviais Benjamin qui ne mesurait pas la chance qu'il avait.

Ma mère souffrait et me faisait souffrir. Elle m'empêchait de respirer, m'imposait ses peurs et ses malheurs, son mal à elle, plus présent, plus légitime.

Je devais accepter qu'elle vienne.

Je n'avais pas le choix.

Elle et moi, seules, c'était difficile mais connu. J'avais mes limites, elle avait les siennes, nous arrivions à avancer au milieu de ce terrain miné. En public, tout devenait plus compliqué. Il y avait le regard des autres sur elle, leur regard sur moi, leur compassion, leur gêne. Je refusais de leur montrer la réalité telle qu'elle était, et j'essayais de lui redonner de l'éclat, jusqu'à ce que je sois à bout, alors le moindre détail mettait tous mes efforts par terre. Un soupir trop appuyé, un regard trop humide, un propos déplacé et j'explosais. Elle payait alors pour tous mes efforts de la journée et des années passées, plus rien ne comptait, ni les gens, ni sa peine, ni les bonnes manières. Je ne me contrôlais plus, ma haine prenait le dessus sur mon amour.

Au restaurant, je n'avais pas craqué. Je ne voulais pas que mon père me voie sous ce jour et j'avais lutté contre moi-même. Ma mère aussi, à sa manière. Elle était aux limites de ce qu'elle pouvait endurer, je le savais et ça m'inquiétait. Ce soir-là, il était présent, patient, attentif et aimable. Qu'est-ce que ce serait lorsqu'il serait plus à l'aise, plus lui-même, donc plus insouciant d'elle ? Lors du déjeuner à venir, il serait tout à sa rencontre avec les parents de Benjamin, et l'oublierait d'autant plus volontiers qu'il n'aurait pas envie d'y penser, n'assumant guère son lien passé avec cette femme aujourd'hui si peu séduisante. Ma mère plongerait dans les affres de l'abandon, capable de quitter la table sans un mot ou au contraire, de se répandre sans retenue. Et mon père qui ne se priverait pas d'embrasser et d'enlacer Solange, indifférent à sa douleur…

Je comptais sur Nicole pour m'épauler. Je lui avais longuement parlé. Je m'étais livrée. Elle écoutait si bien, avec tant de patience, tant de bienveillance. J'avais l'impression de pouvoir tout lui dire, tout lui dévoiler, jusqu'à mes sentiments les plus laids. Elle ne me jugeait pas et ne jugeait pas ma mère non plus. Elle m'aidait à réfléchir, à oublier ma colère, un peu comme Benjamin, mais elle était dans l'autre camp, celui des parents, c'était une maman, une vraie, et elle savait mieux que nous ce qui était bien, normal, juste, acceptable, et ce qui ne l'était pas.

Christiane

J'ai entendu Michel avant de le voir, son rire reconnaissable entre cent le précédant, ce rire qui me ramenait trente ans en arrière. Juliette m'avait prévenue qu'il serait avec Solange, mais elle s'inquiétait à tort. Je supportais ses maîtresses quand il était avec moi, je pouvais maintenant déjeuner avec elles. Je m'étais apprêtée, pas comme l'autre soir, qu'est-ce qu'il avait dû penser de moi ? J'avais si mal. Aujourd'hui, j'étais plus en forme, plus à mon avantage, j'étais allée chez le coiffeur et Juliette m'avait complimentée quand j'étais arrivée.

Nous nous sommes levés. Je me suis laissé embrasser par Michel, pas par Solange à qui j'ai tendu une main froide. Elle était jolie mais pas trop, très mince, on voyait qu'elle n'avait jamais eu d'enfants. Elle s'est assise près de Benjamin, Michel à son côté.

Puis les parents de Benjamin sont arrivés, un homme au regard fatigué dans un costume trop serré et une dame sans âge, pleine d'entrain. Juliette s'est levée d'un bond et l'a embrassée avec effusion. Michel l'a imitée, enchanté de les rencontrer, beaucoup de bruit, trop. Je suis restée en retrait, incertaine, jusqu'à ce que Nicole vienne vers moi, avec un sourire qui m'a remise sur les rails. Paul s'est assis à côté de moi, et sa femme a complété le cercle.

Michel a commandé le cocktail de la maison pour tout le monde, il était sans contestation possible le maître de cérémonie. Il connaissait les lieux, le chef, les serveurs, et semblait ici chez lui. Je n'ai pas osé dire que j'aurais préféré un whisky. J'ai scruté les visages, essayant de deviner si d'autres que moi subissaient sans broncher. Difficile à dire, les sourires étaient de mise, même lorsque nous avons ouvert les cartes et découvert les prix exorbitants. J'ai levé le nez, attendant que Nicole ou Paul, qui me semblaient des personnes de bon sens, réagissent, mais non, rien, ils écoutaient les commentaires de Michel en hochant la tête.

Ce mariage allait me ruiner. J'avais préparé la liste de mes invités, dix-huit au total. Je ne pouvais pas payer ce restaurant pour dix-huit personnes, sans compter tous les autres frais.

Nous avons commandé, conseillés par Michel qui avait un avis sur chacun des plats.

Ces prix n'avaient aucun sens. Avions-nous vraiment besoin de tout ce clinquant, ces serveurs obséquieux, cette vaisselle en porcelaine chichiteuse, et cette cuisine si sophistiquée ?

Les louanges fusaient autour de la table.

J'étais allée à un mariage l'an passé, le mariage de la fille d'une ancienne collègue. C'était un méchoui, avec un buffet, à la bonne franquette, et nous nous étions régalés. Mais c'était hors de question avec Michel. Pas assez classe, pas assez m'as-tu-vu. Il aimait l'esbroufe, il avait toujours été comme ça.

Les regards étaient posés sur moi, Michel voulait savoir ce que je pensais de l'endroit. C'était le moment de m'exprimer. J'ai ouvert la bouche sans savoir ce que j'allais dire.

« C'est très bon, très joli, mais c'est trop cher pour moi. »

La bombe était lâchée.

Juliette m'a fusillée du regard. Tant pis. Michel a repris la parole, l'argent ne devait pas être un problème, il pouvait prendre en charge tous les invités de Juliette par exemple, pour me soulager.

Il m'a semblé que Solange souriait.

J'ai refusé net, je voulais tout partager. Juliette ne s'est pas privée de me dire que ma fierté était débile, puisque Papa proposait… Michel ne s'est pas découragé, il a insisté, proposant de me rappeler plus tard pour en reparler.

Tout le monde se taisait maintenant.

Je ne savais pas comment continuer et j'avais envie de me resservir de ce très bon vin très cher. Juliette a quitté la table, suivie par Benjamin. J'avais envie de pleurer mais il n'était pas question de craquer. Michel et Solange sont sortis prendre l'air aussi et Nicole s'est rapprochée de moi, elle m'a dit que c'était bien que j'aie donné mon avis, nous étions justement là pour en discuter.

Paul

Je serrais les dents. Juliette, Christiane et Nicole étaient assises à l'arrière. Benjamin était près de moi, silencieux.

J'aurais aimé rentrer sans détour à la maison, commenter la journée, m'inquiéter à haute voix du prix qu'allait nous coûter ce mariage, mais Nicole avait reporté à plus tard ce moment que j'avais attendu toute la journée. Elle avait proposé de raccompagner « les petits » chez eux pour qu'ils n'aient pas à prendre le RER. Benjamin avait demandé si ça me dérangeait, j'avais menti et dit que non. Puis Juliette avait demandé si on pouvait aussi reconduire sa mère, elle ne pouvait pas la laisser rentrer seule dans cet état. Nicole avait acquiescé. Christiane avait d'abord refusé, elle ne voulait pas déranger, elle pouvait se débrouiller, elle avait l'habitude, mais ma femme avait vaincu sans peine cette faible résistance.

Je cherchais le regard de Nicole dans le rétroviseur, en vain. Elle me fuyait, à moins qu'elle m'ait juste oublié. La voix de Christiane emplissait tout l'espace, elle avait trop bu. Nous savions tout de sa vie et de son histoire avec Michel. Plusieurs fois, Juliette avait essayé de la modérer, sur différents tons : « Maman, s'il te plaît… », « Putain, tu me fous vraiment la honte », « T'embêtes Nicole, là, tu vois pas ? », mais elle était intarissable, et Nicole avait chaque fois assuré qu'il n'y avait pas de problème. Maintenant, Juliette se taisait.

Benjamin a allumé la radio.

Nous n'étions pas passés loin de la catastrophe au cours de cette journée. Quelle famille ! Juliette n'était que la partie émergée de l'iceberg, les autres ne valaient pas mieux. Si Nicole n'avait pas été là pour calmer les esprits… Elle avait réussi à amener Christiane, Juliette et Michel à discuter, discuter vraiment, en s'écoutant. Dommage qu'elle ne se soit pas autant souciée de son mari, parce que moi aussi j'avais des choses à dire. Mais ça, c'était le dernier de ses soucis ! J'étais le rabat-joie qui n'aimait pas Juliette et qui l'empêchait de respirer, je n'avais donc aucune voix au chapitre.

Et j'ai raté une intersection.

« Et merde ! », j'ai crié.

Un silence étonné a envahi l'habitacle, pendant qu'un jingle publicitaire m'assurait qu'ils seraient toujours là pour moi. Juliette a éclaté de rire. J'ai vu Nicole lui sourire dans le rétroviseur. Mes tempes bourdonnaient. Christiane a murmuré que ce n'était pas grave, qu'il suffisait de tourner à la prochaine à droite, et qu'elle pouvait finir à pied, nous n'étions plus très loin. La culpabilité m'a envahi. Nicole me regardait maintenant fixement tout en assurant à Christiane qu'il n'y avait pas de problème, que nous allions la raccompagner devant sa porte.

Je me suis senti bien seul.

Ma vie partait à vau-l'eau, chaque jour je le constatais. J'essayais de fermer les yeux, de me convaincre que je dramatisais, mais les détails s'accumulaient. Les agacements. Les absences. Les gestes de tendresse qui se raréfiaient. Est-ce qu'une vie pouvait basculer à cinquante-quatre ans ? Est-ce qu'un couple pouvait exploser après trente-cinq années de bonheur ? J'avais très peur de la réponse. Je n'osais plus approcher Nicole, la toucher ou l'embrasser. Mon havre de paix se disloquait, je n'avais plus personne pour me rassurer. Je priais pour qu'elle reste, même à regret. N'importe quoi, n'importe comment, pourvu qu'elle vive sous le même toit que moi. Je n'étais pas capable de continuer sans elle, seul et sans elle. C'était trop tard. Elle ne pouvait pas m'obliger à affronter tout ce dont elle m'avait préservé. Elle s'était engagée, c'était inespéré mais elle l'avait fait. Elle avait dit oui à la mairie, elle n'avait pas le droit de me laisser tomber, c'était trop tard pour changer d'avis.

Benjamin

Nous étions assis sur des chaises inconfortables, avec un autre couple, Carine et Stéphane. Le curé, face à nous, jouait les instituteurs, posant les questions, distribuant les bons points et réveillant les mauvais élèves qui s'endormaient près du radiateur. J'étais de ceux-là, j'étais le seul. Je n'avais pas ouvert la bouche depuis notre arrivée, laissant Juliette nous représenter.

Les discussions ne m'avaient pas beaucoup intéressé jusque-là. Chaque couple avait raconté son histoire en quelques mots et nous en étions à débattre de la fidélité. Carine s'enflammait sur le sujet, elle nous parlait d'exclusivité, de loyauté et de droiture avec une extrême véhémence. Je m'attendais presque à ce qu'elle déclare les infidèles passibles de prison ou d'exil, à défaut de pouvoir les envoyer directement en enfer.

Juliette secouait la tête, agacée, ce qui n'a pas échappé à la vigilance du curé qui lui a demandé ce qu'elle en pensait. J'étais curieux d'entendre ce qu'elle allait leur dire. J'étais persuadé que si elle avait vent de mon aventure avec Mathilde, elle me crucifierait, et pourtant, elle ne semblait pas adhérer aux propos rigoristes de Carine.

« Évidemment, la fidélité est quelque chose qu'on attend dans un couple, c'est une question de confiance, mais je ne sais pas, tel que Carine en parle, ça me fait froid dans le dos. »

Carine a pris un air offusqué.

« Quelle est la limite de l'impardonnable ? Quel est le niveau d'exclusivité ? À partir de quand quelqu'un doit être mis au ban de la société ?

— Je…

— C'est quoi ton point de non-retour ? Une discussion en tête à tête ? Un geste tendre ? Un baiser ? Sans la langue ? Avec la langue ? Une main dans la culotte ? Ou bien vas-tu jusqu'à interdire la complicité, l'affection ?

— Mais…

— Juliette, où voulez-vous en venir ? »

Le curé avait l'air dépassé par les événements et Carine au bord de l'apoplexie. Moi, je commençais à trouver la soirée intéressante.

« Nulle part, je n'aime pas la manière dont… enfin, cette espèce de jugement sans discernement. »

Le curé s'est passé la main sur le visage avant de reprendre.

« La fidélité est l'un des piliers du mariage, Juliette. N'attendez-vous pas de Benjamin qu'il vous soit fidèle ?

— Si, bien sûr, mais je ne vais pas pour autant l'enfermer dans une cage. »

Elle était trop classe ma Juju.

« Si vous vous mariez aujourd'hui, c'est que vous souhaitez que votre relation s'inscrive dans le temps, non ? Cela peut nécessiter de renoncer à certaines tentations…

— Oui, mais pas dans cet esprit d'inquisition. »

Carine s'est levée d'un bond et s'en est prise au curé, lui reprochant d'accepter de nous unir alors que nous n'avions aucune morale. Si elle avait pu dresser un bûcher et nous y immoler, elle n'aurait pas hésité une seconde. Juliette s'est levée aussi. Le curé s'est interposé et leur a demandé de s'asseoir. Juliette a semblé hésiter, puis elle lui a tendu la main, très calme, très bien élevée, l'a remercié de nous avoir reçus, lui assurant que cette réunion avait été très instructive, mais qu'elle ne souhaitait plus se marier devant Dieu, que c'était trop étroit pour nous, trop monolithique. Puis elle a adressé à Carine le mot de la fin.

« Je pense que tu vas t'emmerder dans la vie, ce qui n'est pas très grave, mais aussi beaucoup emmerder ton entourage, ce qui l'est davantage. »

Toute en rime, ma Juju.

Elle a souhaité bon courage à Stéphane puis s'est dirigée vers la sortie, la tête haute. J'ai ramassé nos affaires et j'ai salué l'assemblée avant de me précipiter à la suite de ma dulcinée, regrettant de n'avoir pas pu enregistrer ces déclarations qui pourraient m'être utiles si un jour j'étais démasqué.

Juliette, souple sur l'adultère ?

J'ai eu une pensée pour son père.

Puis, plus désagréable, pour Jimmy…

Solange

« Solange, tu crois que je devrais inviter mes frères ?

— Pour quoi faire ?

— Je sais pas, c'est quand même le mariage de ma fille unique…

— Et ?

— Et rien, t'as raison. T'as jamais eu envie de revoir ta grand-mère ?

— Pour quoi faire ?

— C'est ta grand-mère…

— Elle n'est rien pour moi. »

Je lui ai tourné le dos.

Il m'était arrivé d'y penser. La retrouver. Ce n'était sans doute pas compliqué, ils avaient habité toute leur vie dans la même maison, je ne l'imaginais pas migrer dans le Sud pour terminer ses vieux jours, loin du cimetière où était enterré mon grand-père.

Je l'avais vue pour la première fois à l'enterrement de ma mère. Elle pleurait. Je ne lui avais pas parlé. Mon grand-père m'avait demandé de lui pardonner mais c'était impossible, ma mère avait trop souffert. Elle n'était jamais revenue vers elle, même après son mariage. Quelle déception ! Mais quelle naïveté aussi… comme si toute leur relation ne dépendait que de ça. Comme si une mère aimante restait quinze ans sans voir sa fille juste parce que celle-ci avait fait l'amour avec un garçon sans lui avoir extorqué un engagement à vie. La honte n'expliquait pas tout, elle n'expliquait même rien, mais ma mère avait préféré croire que cette sévérité n'était qu'une preuve d'amour. Puis elle s'était mariée, attendant des retrouvailles qu'elle croyait promises. Mon grand-père était venu seul à la cérémonie, gêné de nous dire que ma grand-mère avait une migraine, qu'elle était alitée, incapable de se lever. La raison d'être de cette journée s'était envolée.

Quand mon grand-père était mort, elle avait trouvé le moyen de m'envoyer un faire-part. Nous nous étions croisées, au cimetière encore. J'avais pensé que dorénavant elle serait seule, sans enfant ni mari, aussi seule qu'elle le méritait et aussi seule que moi.

Elle m'avait envoyé ses vœux l'année suivante, une carte avec un bouquet de lilas mauve que je lui avais retournée sans un mot.

« Solange ?

— Quoi ?

— Tu crois qu'elle est encore vivante ?

— Qui ?

— Ta grand-mère…

— Pourquoi tu me demandes ça ? »

Il n'a pas répondu, il s'est collé à moi et m'a caressé l'épaule.

« Je ne sais pas… »

Si elle était vivante, c'était une vieille femme à qui je pourrais peut-être pardonner maintenant.

« Et ton père, comment il va ?

— À la maison de retraite, ils me disent que son état évolue très peu, mais qu'est-ce que t'as ce soir avec ma famille ? Allez, on dort, je me lève tôt demain. »

Mon père était déjà marié avec trois enfants quand il avait rencontré ma mère et il avait quinze ans de plus qu'elle. C'était mon grand-père qui m'avait dit ce qu'il en savait après l'enterrement. Il se souvenait de son nom et je l'avais retrouvé sans difficulté. Je l'avais épié, suivi plusieurs jours sans oser lui parler, avant de décider de l'oublier. Et puis, récemment, j'avais eu envie de savoir s'il était toujours vivant. J'avais découvert qu'il était entré dans une maison de retraite et qu'il n'avait plus sa tête. J'étais allée le voir. Personne n'avait cherché à savoir qui j'étais, les visites étaient suffisamment rares pour qu'ils autorisent toutes celles qui se présentaient. J'y étais retournée plusieurs fois. Je restais assise près de lui et je le regardais. Parfois je lui parlais d'elle. Parfois je pleurais. Parfois je lui parlais de ma vie, de ma solitude, de mes choix et de Michel. Il ne m'écoutait pas, ou peut-être que si, mais son regard restait vide. Parfois je lui prenais la main, c'était une vieille main ridée, une grande main, je lui prenais la main et je me sentais bien.

Nicole

J'ai repris une feuille blanche. J'avais tant griffonné et raturé la précédente que c'était devenu illisible. J'étais partie de la liste des invités du mariage de Bertrand et Jessica, un beau mariage traditionnel. Mon fils avait épousé la douce et belle jeune femme qu'il aimait et avec qui il souhaitait s'unir pour la vie, comme dans un conte de fées. J'avais invité toute la famille et je m'étais comportée comme on pouvait l'attendre de la part de la mère du marié. C'était mon rôle ce jour-là et j'avais été ravie de le tenir. J'avais acheté un chapeau, j'avais pleuré à la mairie puis à l'église, j'avais veillé à ce que le service soit impeccable, je n'avais rien mangé, rien bu, trop occupée à passer de table en table, j'avais dansé avec mon fils et étais restée debout jusqu'à ce que le dernier convive soit parti.

Ni fausse note ni surprise.

Il y avait moins de règles préétablies pour la cérémonie à venir. Juliette voulait célébrer son amour à sa manière et Benjamin se moquait tellement de l'apparat qu'un sandwich entre amis à la sortie de la mairie lui aurait suffi. La carte postale risquait d'être écornée. Juliette venait de renoncer au mariage religieux, elle était sincère dans son engagement mais ne l'aurait pas été devant Dieu. Elle ne croyait pas, n'avait jamais cru, et avait réalisé que ce serait tricher que de se marier dans ce lieu. Malgré ou peut-être justement en raison de mes convictions religieuses, je m'étais ralliée à son opinion, mais cela me posait maintenant un sacré problème dans mes invitations. Il y avait dans ma famille des gens qui n'étaient pas près de comprendre le choix de Juliette, ni même le fait que ce soit le choix de Juliette, et non celui, explicite, de Benjamin. Quant à moi, qui n'avais pas réussi à les ramener à la raison, ça en dirait long sur mon manque d'autorité. Ça me fatiguait à l'avance. En d'autres circonstances, j'aurais serré les dents. Aujourd'hui, j'avais juste envie de les rayer de la liste.

L'influence de Juliette peut-être.

Je ne savais pas si je devais me réjouir, m'inquiéter ou pleurer des turbulences que je traversais depuis que je la connaissais. Ce qui était sûr, c'est que je me sentais plus vivante que jamais. Je m'étais endormie depuis trente-cinq ans telle la Belle au bois dormant. J'avais aimé, souffert, puis j'avais rencontré Paul. À partir de là, j'avais embarqué, fermé les écoutilles, et je m'étais laissé glisser. La vie m'avait emportée et la société m'avait guidée. Je m'étais consacrée à Paul et aux enfants, je m'étais oubliée, gommée. J'avais cru choisir cette voie que l'on m'avait tracée, j'avais voulu y briller, y incarner la perfection et ça avait occulté toute autre considération.

Juliette avait soufflé sur la poussière qui recouvrait mon existence avec ses questions abruptes et sa recherche de vérité. Elle m'avait donné envie de changement. Les enfants étaient grands et n'avaient plus besoin de moi. Bien sûr, il y avait Paul, le pauvre était inquiet, sur le qui-vive, il sentait que quelque chose se passait sans savoir quoi et je ne pouvais pas l'éclairer. Je m'occupais moins de la maison et je sortais plus souvent. La semaine passée, j'étais allée au cinéma sans lui, voir un film qui ne lui disait rien. En temps normal, j'y aurais renoncé. J'en avais parlé avec Juliette dans l'après-midi et elle s'était exclamée : « Mais pourquoi t'y vas pas avec une copine ? », et je n'avais pas su quoi répondre, il n'y avait pas de raison, juste des habitudes. J'avais proposé à ma voisine de m'accompagner et nous avions passé une très bonne soirée, nous avions même été boire un verre après le film. Il n'y avait rien de mal à ça et pourtant j'avais eu l'impression de devoir m'excuser quand j'étais rentrée, en constatant que Paul m'avait attendue pour se coucher. Je m'étais retenue. Je ne voulais pas le faire souffrir, mais je ne voulais pas non plus lui masquer la vérité et le rassurer, au risque de le regretter. Il avait peur, eh bien tant pis, c'était peut-être ça la vie. Le mouvement. Il fallait oser bouger.

Ma décision était prise :

Je n'inviterais à ce mariage que les personnes que j'avais vraiment envie d'y voir, un cercle restreint en y pensant bien. Ce serait ma première action de femme ressuscitée d'entre les morts. Paul se chargerait de la liste du côté de sa famille, ce n'était pas à moi de m'en charger.

Juliette

J'avais devant moi les six listes.

Celle de mon père comportait le minimum syndical en termes de famille : sa mère. Il était fâché avec ses deux frères et ne s'était pas senti obligé de les inviter. Il allait se faire tirer les oreilles par ma grand-mère, mais il l'embobinerait avec son sourire enjôleur et elle se laisserait charmer, comme d'habitude. Ensuite venait une sélection triée sur le volet de ses meilleurs amis, dix seulement. Il aurait pu sans mal en trouver une trentaine, tous prêts à venir célébrer mes noces, mais il avait limité à ceux que je connaissais bien, ce que j'appréciais.

Celle de ma mère était toute de bric et de broc. J'étais sûre qu'elle y avait passé un temps fou alors que mon père avait dû dresser la sienne en un quart d'heure. Je l'imaginais se torturer, tiraillée entre l'envie de convier tous les gens qu'elle connaissait et la crainte de finir ruinée. Ça avait dû l'occuper pendant plusieurs jours et je ne m'en étais surtout pas mêlée. Elle aurait aimé pourtant, je le savais, nous nous serions disputées, mais elle aurait quand même aimé. Au final, il y avait sa sœur et ses deux enfants, un cousin à elle dont elle était amoureuse sans l'avouer, sa marraine et son mari, deux anciennes collègues de l'hôpital, ses voisins, et un couple qu'elle avait rencontré en cure l'année passée et dont j'avais entendu parler pendant des semaines.

Nicole, elle, avait réduit au strict minimum : sa meilleure amie, Jacqueline, son frère et sa belle-sœur, en plus bien sûr de Bertrand, Jessica et les filles. Elle m'avait donné sa liste avec un sourire en coin, un sourire de gamine fière d'elle. Elle avait cherché mon assentiment mais je m'étais tue. J'aimais vraiment Nicole, elle était la mère que j'aurais voulu avoir, celle dont j'avais rêvé toute mon enfance, mais je l'aimais telle qu'elle était quand je l'avais rencontrée et je n'étais pas sûre d'apprécier les changements qui s'annonçaient. Elle disait que je l'inspirais, sans rigoler. Elle voulait dépoussiérer sa vie, se libérer, c'était ce qu'elle n'arrêtait pas de me répéter. Ça m'ennuyait. Moi, ce que j'aimais, c'était son côté gâteau maison et pull tricoté main, je n'avais pas envie d'une Solange bis, une femme émancipée avec tout le bordel qui allait avec.

Du coup, Paul avait dû se débrouiller pour faire sa liste tout seul. Le pauvre, après avoir été materné pendant des années, il devait être perturbé par la soudaine autonomie à laquelle Nicole le poussait. Il n'avait fait preuve d'aucune originalité, le contraire m'aurait étonnée, il avait invité ses parents, ses trois frères et sœurs avec leurs conjoints et leurs enfants.

Benjamin m'avait griffonné quelques noms sur un bout d'enveloppe. Il y avait Guillaume et Mathilde en tête de liste, comme pour me narguer, puis Peggy et Stéphanie, deux collègues de la médiathèque, des filles, encore des filles, il y en avait décidément trop qui travaillaient avec lui, puis Florian et Marc, des vieux copains que j'avais connus quand j'étais avec Guillaume, et enfin, Théo et Luna, ses potes musiciens avec qui il passait beaucoup de soirées, sans jamais m'y convier, soi-disant parce qu'ils parlaient musique pendant des heures et que je m'ennuierais.

Ma propre liste était la plus dépouillée, il y avait Jimmy et ma copine Lucie. Voilà, c'étaient mes deux seuls invités. Il n'y avait pas foule dans ma vie et je ne voulais pas à cet événement important des personnes qui ne l'étaient pas.

Michel

Paul et Nicole sont arrivés les premiers. Tant mieux, je n'avais pas envie de me retrouver en tête à tête avec Christiane. Quand je l'avais appelée, j'avais eu droit à une discussion à rallonge servie avec une pointe de reproches et de jérémiades, comme aux plus beaux jours, et je n'avais pas envie de remettre ça.

Nous nous sommes installés au salon.

Après avoir convaincu sa mère pour le restaurant, Juliette nous avait missionnés pour le choix des menus. Benjamin et elle voulaient avoir la surprise. J'avais invité Christiane, Nicole et Paul pour cette réunion au sommet. Solange était partie voir son père, comme souvent ces derniers temps, je ne savais d'ailleurs pas si je devais m'en réjouir ou m'en inquiéter, un prétexte pratique en tout cas pour ne pas avoir à donner son avis.

J'avais récupéré les cinq menus proposés, dont les prix variaient de soixante-huit à quatre-vingt-dix-neuf euros. Pour ma part, le choix était clair, celui à quatre-vingt-huit euros avait le meilleur rapport qualité/prix, mais Paul et Nicole risquaient d'être plus regardants que moi vu le nombre important de leurs convives. Pour Christiane, tout serait toujours trop cher, mais je ne considérais pas ses prévisibles protestations comme un problème.

J'ai apporté du thé et du café, ainsi qu'un assortiment de gâteaux. Nicole était d'excellente humeur, elle discutait et riait alors que Paul restait en retrait.

Christiane est arrivée alors que nous commencions à regarder les menus. Elle était stressée, des problèmes dans le RER. Nicole l'a tranquillisée, lui a servi un thé et a écouté de bout en bout le récit de son périple jusqu'ici, sans s'impatienter des détails sans intérêt.

Nous avons enfin pu reprendre.

Nous sommes rapidement tombés d'accord sur le foie gras en entrée, ce qui éliminait déjà les deux premiers menus et le plus élevé avec ses queues de langouste. J'ai ensuite passé quinze minutes à vanter le filet de veau au jus de truffe contre le banal filet de bœuf sauce brune. Christiane préférait le bœuf, Nicole hésitait, et Paul se tortillait sur son siège sans rien dire. J'ai sorti la calculette comme un authentique vendeur de bagnoles : cent quatre-vingt-douze euros de différence pour Paul et Nicole selon notre choix, et quatre-vingt-huit pour Christiane. Si elle chipotait pour si peu, je l'écrabouillais. Nicole a tranché. Pour un tel écart, le filet de veau au jus de truffe l'emportait. Paul s'est rallié d'un signe de tête et Christiane a murmuré que si tout le monde était d'accord…

Juliette

J'avais réussi à traîner Benjamin à ce salon du mariage, lui vantant l'opportunité de tout régler en une seule demi-journée : faire-part, alliances, choix du photographe, du DJ, liste de mariage, voire même la robe de mariée.

L'espace Champerret grouillait de jeunes couples se tenant la main et s'embrassant avec ostentation. J'avançais sur la moquette rouge qui couvrait les allées en refrénant l'envie de m'enfuir qui m'avait saisie dès notre arrivée. Tout, autour de nous, n'était que guimauve et eau de rose. Des cœurs déclinés sous toutes les formes, des alliances entremêlées, des photos de jeunes gens aux sourires exagérés, rien de tout ça ne me ressemblait.

Les stands des DJ brillaient de mille feux, leurs boules à facettes miroitaient, renvoyant des points rouges, jaunes, verts, bleus. Je n'avais rien contre les ambiances multicolores, mais là, c'était l'overdose. Et les posters de Johnny Hallyday en maxi-format n'étaient pas pour me rassurer ! Hors de question qu'il allume le feu à mon mariage, j'étais d'accord pour me plier à la traditionnelle valse d'ouverture mais il y avait des limites à ce que je pouvais supporter.

Du côté des photographes, ce n'était pas mieux. Les albums exposés montraient de pauvres couples qui, victimes de ces détraqués, devaient prendre des poses improbables, enlacer des arbres ou jouer à cache-cache, le tout embelli d'un flou supposé romantique et artistique.

Benjamin se taisait. Il marchait près de moi, sourire en coin. Qu'est-ce que je pouvais lui dire ? Fuyons !

Le prochain défilé de présentation des robes de mariées a été annoncé par les haut-parleurs. Nous y sommes allés, peut-être que de ce côté-là il y aurait de bonnes surprises. Malheur ! C'étaient meringues sur meringues, dentelles dans tous les sens et perles à outrance. Même les robes de princesse que je portais, petite, pour me déguiser étaient plus jolies.

Nous nous sommes dirigés vers le coin détente pour réclamer les coupes de champagne auxquelles le ticket d'entrée nous donnait droit.

Sur le chemin, Benjamin s'est approché d'un stand sur lequel on vendait des coussins brodés à l'effigie des mariés… qui pouvait acheter des trucs pareils ? Benjamin s'est lancé dans une discussion des plus sérieuses avec le vendeur, combien ça coûtait, y avait-il moyen d'avoir un rabais si nous en prenions plus de cent, et pouvait-il nous garantir que ce n'était pas brodé par des petits enfants chinois.

Il ne pouvait pas.

Dommage.

Benjamin

À la fin de notre invraisemblable journée porte de Champerret, nous savions tout ce que nous ne voulions pas pour notre mariage :

1 – Pas de faire-part avec des angelots culs nus déguisés en Cupidon pour annoncer la célébration de notre bel amour, mails pour tout le monde et téléphone pour les arriérés non équipés.

2 – Pas d'échange d'alliances, je m'étais engagé à trouver à Juliette une bague qui lui ressemblerait, pas cet anneau conventionnel qui aurait toujours l'air bizarre au milieu de ses bagues à elle, et j'avais vaincu la résistance de Juliette qui aimait quand même l'idée d'afficher au monde entier que son homme n'était plus sur le marché, je n'aurais rien.

3 – Pas de professionnels de l'animation, nous craignions trop de nous retrouver à faire la chenille dans un moment d'égarement. Nous étions capables de composer des listes de MP3 qui assureraient l'ambiance, sans nous soumettre aux ringardises soi-disant incontournables pour fêter un mariage,

4 – Pas de photo bucolique à la David Hamilton, nous avions rencontré sur le salon un photographe qui détestait ça autant que nous. Alléluia ! Son truc à lui, c'était le reportage, des images prises sur le vif, drôles, émouvantes ou ridicules, tout y était, non censuré.

5 – Pas de liste de mariage, nous n'avions besoin ni de cristal de Sèvres, ni d'écran plat géant (quoique…). Nous préférions nous payer un voyage à travers l'Amérique du Sud, à moins que nous ne choisissions l'Asie. Pas d'hôtel luxueux rempli de lunes de mielleux, nous voulions partir loin, longtemps, avec nos sacs sur le dos et ne revenir que lorsque nous aurions fini de vider nos tirelires. À votre bon cœur, mesdames et messieurs.

6 – Pas de déguisement, ce n'était pas un bal costumé. Juliette voulait être elle-même, elle ne savait pas très bien ce que ça voulait dire dans ce contexte ni à quoi ça ressemblerait, mais en tout cas pas à ce que nous avions vu sur le salon, m'avait-elle assuré. Quant à moi, je n'avais jamais mis de cravate, sauf lors de ma communion, une belle cravate avec faux nœud et vrai élastique, très classe. Je ne savais pas si ça existait pour les adultes, si oui, j'étais tenté.

Voilà, c'était notre manifeste de mariage.

Bertrand

Je n'en revenais pas. J'essayais d'imaginer ma mère sans mon père, mon père sans ma mère, ça n'avait aucun sens. Ils allaient de pair, comme la foire du trône et la barbe à papa, ou Marilyne et le sexe.

Marilyne… cette fille était magnifique. J'avais cessé de résister, c'était trop difficile. Officiellement, j'étais sur mon vélo. Les filles croyaient que je m'entraînais pour le Tour de France, une bêtise dite un soir à table, et dont elles ne démordaient plus malgré mes démentis. En guise de Tour de France, je m'offrais un tour complet du Kâmasûtra. Je passais des heures au lit. J'en avais mal au sexe, au dos et aux lèvres. Je repoussais ma culpabilité à grands coups de reins, la tête vide et le ventre en ébullition. La sexualité m'envahissait, et pas seulement quand j'étais avec Marilyne, l'effet se prolongeait, se propageait, et Jessica s'étonnait de mon regain de vitalité.

Mais je m'égarais.

Mon père venait de me téléphoner pour partager ses inquiétudes. Il craignait que ma mère le quitte. C'était insensé au premier abord mais il m'avait raconté les changements constatés et je m'étais un peu reconnu. Ma mère aurait-elle pris un amant, elle, la femme la plus dévouée et la plus droite que je connaissais ? Mon père pensait que non, il accusait Juliette de tous leurs maux. J'avais du mal à croire que cette fille puisse avoir autant d'influence mais c'était la théorie de mon père. Il m'avait inquiété, il était agité, il avait pleuré, beaucoup. Il ne pouvait pas vivre sans elle, c'était ce qu'il répétait. J'avais essayé de le rassurer et promis de lui parler. Mais pour lui dire quoi ? Qu'elle n'avait pas le droit de faire ça ? Qu'elle était trop vieille ? Qu'elle s'était engagée ? Que c'était n'importe quoi ? Ma conscience me tirait l'oreille pour que je balaie devant ma porte, j'étais on ne peut plus mal placé pour les discours moralisateurs. Est-ce que Jessica souffrait comme mon père ? Je n'en avais pas l'impression, j'étais moins souvent là, mais je compensais en me montrant particulièrement gentil et attentif.

C'était fou, ma mère ne pouvait pas quitter mon père.

Il fallait que j'en parle à Benjamin. Mon père m'avait supplié de rester discret, à cause de Juliette, mais j'avais besoin d'en discuter. Peut-être qu'au cours de la soirée à laquelle tous les jeunes du mariage étaient conviés, j'aurais l'occasion de lui en toucher un mot, en tout cas je pourrais me faire une idée sur cette fameuse Juliette que je n'avais pas encore rencontrée.

Mathilde

J'ai eu un choc en entendant la voix haut perchée de Peggy. Pourquoi était-elle ici ? Il m'a fallu un instant pour accepter l'idée qui s'imposait : elle était invitée au mariage, donc à cette soirée. Et non seulement elle, mais aussi Stéphanie, la jolie fille qui s'occupait des bandes dessinées. Je me suis obligée à afficher mon plus joli sourire et à m'avancer vers elles.

« Salut, les filles, je ne m'attendais pas à vous voir ici, c'est super ! Vous êtes seules ? Je vous présente Guillaume, le meilleur ami de Benjamin, et mon chéri aussi. »

Elles étaient surprises, elles auraient juré que Benjamin et moi…

Guillaume a démarré son numéro de charme. Décidément, Benjamin avait une chance incroyable avec ses collègues. Lui ne travaillait qu'avec des binoclards qui n'ouvraient pas la bouche de la journée. Elles gloussaient en me regardant en coin.

Je les ai abandonnés et j'ai rejoint Benjamin.

C'était la première fois que nous nous revoyions, lui, moi, Juliette, Guillaume, tous en même temps, depuis cette drôle de soirée. Tout semblait loin, oublié. Je n'avais pas vu Juliette et Guillaume se parler, mais il y avait un air de fête propice à la réconciliation.

Benjamin m'a servi une coupe de champagne tout en me présentant son frère, Bertrand. Enchantée. Enchanté. Puis Florian et Marc que j'avais déjà rencontrés lors d'une soirée avec Guillaume quelques semaines plus tôt.

J'ai vite descendu mon verre, pour me détendre. Il y avait trop d'inconnus dans ce tout petit appartement. Les gens parlaient fort et j'étais plantée là, seule, à l'endroit où une minute auparavant un groupe discutait. Le groupe s'était disloqué. Chacun était parti vers une autre discussion, un canapé, un ami, à la recherche d'un cendrier ou d'un bol de cacahuètes, et je me retrouvais désemparée, incapable de décider vers qui aller.

Benjamin avait rejoint Juliette, il lui parlait à l'oreille et elle riait.

J'étais vaincue.

J'ai allumé une clope, me promettant de me ressaisir tout de suite après.

Une fille exubérante a fait son entrée, une copine de Juliette, Lucie. Elle avait des cheveux roses et une dégaine d'héroïne de manga. En un instant, Juliette et elle sont devenues l'attraction de la soirée.

Je me suis servi une nouvelle coupe de champagne, j'allais avoir besoin d'une bonne dose de produit dopant pour supporter cette soirée.

Christiane

Bonne année !

Je me suis servi un verre de whisky en allumant la télé.

La nouvelle année s'annonçait aussi maussade que la précédente mais tout le monde essayait, pour un soir, de l'oublier, et Patrick Sébastien animait son cabaret avec la bonne humeur qui semblait ne jamais le quitter. Formidable ! Extraordinaire ! Je me demandais quel était son secret pour être toujours aussi enjoué.

Moi j'étais seule, comme d'habitude.

Au mieux, je recevrais un appel de Juliette aux alentours de minuit, un appel sans queue ni tête au cours duquel elle crierait dans le téléphone sans entendre ni ce qu'elle me dirait ni ce que je lui répondrais. Je lui souhaiterais une bonne année, que son mariage soit beau et heureux, mais à quoi bon puisqu'elle raccrocherait en me disant qu'il y avait trop de bruit autour d'elle et qu'elle me rappellerait le lendemain.

Au pire, rien.

J'étais habituée à cette solitude de fin d'année, la même que le reste du temps, mais en plus déprimante.

Le téléphone a sonné.

Il était vingt-trois heures, c'était trop tôt pour Juliette. J'ai été saisie d'angoisse. Je n'avais pas envie de répondre, je préférais laisser les mauvaises nouvelles où elles étaient.

Et si c'était quand même Juliette ?

J'ai décroché.

Nicole voulait savoir comment j'occupais ma soirée.

Je n'ai pas osé avouer que je sirotais du whisky en grignotant des chips et en regardant Patrick Sébastien à la télé, j'ai dit que je m'étais préparé un bon dîner et que je venais juste de terminer.

« Ah ! c'est super. En fait, je vous appelais parce que j'allais me mettre devant la télé, Paul est dans sa famille, sans moi parce que je n'ai pas voulu l'accompagner, et tout à coup, j'ai pensé que vous étiez peut-être seule ce soir et que c'était idiot de rester comme ça, chacune de notre côté. On pourrait se faire une soirée entre filles si ça vous dit ? »

Je n'ai pas répondu tout de suite.

Elle l'a mal interprété, s'est excusée.

« Je suis désolée, appeler comme ça, si tard, ça ne se fait pas. »

J'ai repris mes esprits.

« Mais non, pas du tout ! Vous voulez passer ? J'ai une bouteille de champagne au frigo…

— J'enfile mon manteau et j'arrive ! »

Elle a sonné à la porte juste avant minuit.

J'étais très excitée à l'idée d'avoir quelqu'un avec qui célébrer cette nouvelle année.

Juliette

« Je serai là, je ne raterais ça pour rien au monde. Jimmy »

L'ironie contenue dans cette brève réponse me montait à la tête. J'avais remballé ma fierté pour lui envoyer un mail dans lequel je m'inquiétais de son silence des derniers mois, et c'était tout ce qu'il trouvait à me répondre. Il ne me demandait ni comment j'allais, ni comment je me débrouillais avec mes préparatifs. Il ne voulait rien savoir. Il savait que j'allais être en colère et il s'en foutait. Il me tenait. Je ne pouvais pas me fâcher, j'avais besoin de lui à mon mariage, mais il me le paierait.

Je suis retournée à mon casse-tête de plan de table.

Nous étions quarante-cinq adultes et six enfants. Les tables rondes pouvaient accueillir chacune dix personnes. Neuf fois cinq, quarante-cinq. Cinq tables d'adultes, une table d'enfants. À la nôtre, les témoins et leurs conjoints. Benjamin à ma droite, Jimmy à ma gauche.

J'enrageais.

Il méritait de se retrouver à la table de ma mère, coincé entre sa sœur et sa marraine, ou bien à celle de la famille de Paul qui serait sans doute l'une des plus ennuyeuses, à moins que je le punisse en l'asseyant avec les enfants, jambon purée pour le grand dadais, et surtout pas d'alcool, du jus d'orange ou du Coca. Non, je devais le garder près de moi, sous surveillance. Il était capable de raconter des horreurs aux gosses ou de faire pleurer ma mère en s'étonnant d'un air candide de la voir seule alors que mon père se pavanait aux bras de son échappée de Woodstock.

Qu'est-ce que ça me fatiguait toutes ces sensibilités à ménager ! Et Benjamin la veille : « Mais pourquoi tu ne laisses pas les gens s'asseoir où ils veulent ? », il ne comprenait pas pourquoi je m'énervais quand il disait des trucs pareils. Il m'avait aussi proposé de procéder par tirage au sort, tous les noms dans un chapeau et advienne que pourra. Il ne se rendait pas compte... si ma grand-mère paternelle se retrouvait à côté de ma mère qu'elle avait toujours détestée, ou si les parents de Paul, catholiques convaincus aux vies et aux idées plus étroites que des chas d'aiguille, se retrouvaient à côté de Jeannot, l'ami le plus graveleux de mon père, ou si ma mère et Solange se retrouvaient côte à côte, ou si... non, c'était juste impossible.

Nicole

Juliette nous attendait aux grands magasins, boulevard Haussmann, et nous étions en retard. Nous avions déjeuné avec Christiane dans un restaurant que m'avait recommandé Bertrand quand il était passé un après-midi prendre un café à la maison. Il avait rougi quand je lui avais demandé s'il y était allé avec Jessica, et l'idée m'avait traversé l'esprit qu'il me cachait quelque chose. À ma propre surprise, je m'en fichais. Mes enfants étaient grands, ils faisaient ce qu'ils voulaient, mais j'exigeais que l'inverse soit vrai. J'étais sûre que Bertrand était en mission commandée par son père, il s'était trop intéressé à mon emploi du temps, comment j'allais, et pourquoi je n'accompagnais plus Papa dans sa famille, et j'avais l'air d'avoir rajeuni de dix ans, et je pouvais lui parler, et patati et patata… Son bagout de commercial m'avait amusée mais je ne lui avais rien dit de particulier, il n'y avait rien à dire, j'étais juste en train de ressusciter.

Christiane s'affolait de notre retard, elle pestait contre le métro qui n'arrivait pas, les gens qui marchaient lentement, et regardait sa montre toutes les trente secondes. Elle craignait la mauvaise humeur de Juliette, moi pas, je n'étais pas sa mère. Elle s'inquiétait à tort. Quand nous avons rejoint Juliette, elle était bavarde et gaie, ravie d'inverser les rôles, que ce soit elle qui nous aide à choisir nos tenues pour son mariage, et non l'inverse. Juliette avait acheté la sienne en catimini et ne voulait rien nous en dire.

Elle nous a vite conduites vers les rayons qu'elle avait repérés en nous attendant, et j'ai tout de suite vu la robe que je voulais, une robe avec un imprimé à coquelicots, très vive, très gaie, tout à fait assortie à mon état d'esprit. J'ai eu une pensée fugace pour Paul qui n'aimait pas le rouge, trop voyant à son goût. Tant pis, c'était celle-là que je voulais. Je suis allée l'essayer, colchique dans les prés, j'étais la reine de l'été, et l'affaire était réglée.

Christiane a mis plus de temps à se décider. Elle a effectué beaucoup d'essayages mais, miracle, personne ne s'est énervé. J'avais appris à connaître ce couple mère-fille aux rapports houleux et les avis de tempête étaient nombreux. Aujourd'hui, la mer était d'huile, Juliette restait conciliante et Christiane de bonne volonté. Après moult hésitations, elle a opté pour un tailleur beige classique et chic qui lui allait à ravir.

Guillaume

Trois semaines avant son mariage, Benjamin m'avait appelé pour me demander quelques conseils vestimentaires pour le jour J. Il n'accordait pas une grande importance à son apparence et portait inlassablement des jeans, des tee-shirts et des pulls marins. Ça et ses cheveux non peignés, c'était sa marque de fabrique, en plus de son air dans la lune et de ses baskets usées. Ça ne l'aurait pas gêné de venir habillé comme d'habitude au mariage, mais il avait dans l'idée que l'événement méritait peut-être un effort.

Nous nous sommes retrouvés aux Halles. Je n'avais pas une idée très claire de ce que je cherchais, alors nous avons commencé par des boutiques pour jeunes cadres dynamiques, espérant y trouver des costumes décontractés. Benjamin essayait tout ce que je voulais, il s'était déclaré incompétent en la matière et s'en était remis à moi, d'autant que je connaissais bien les goûts de Juliette…

Quand il a essayé le premier costume, j'ai pressenti que nous étions partis pour un long périple. Ça ne lui allait pas plus mal qu'à un autre, mais c'était trop rigide pour lui, il manquait ce flou qui le caractérisait. Les épaules étaient trop hautes, trop carrées, la veste trop droite, il osait à peine bouger et les plis sur chaque jambe du pantalon étaient si parallèles… non, ça ne fonctionnait pas, même en sortant la chemise du pantalon. Pourtant nous avons insisté, différentes formes, différentes couleurs, différents tissus, mais c'était sans espoir, il ne pourrait jamais travailler dans une banque, l'habit et lui étaient incompatibles. Et là, j'ai eu l'idée de génie ! Plus les tissus étaient mous, plus je le retrouvais, j'allais le vêtir de lin de la tête aux pieds, le pantalon, la chemise, dans des couleurs oscillant entre le blanc et le sable. Les couleurs évoqueraient le mariage, l'aspect chiffonné refléterait la personnalité de Benjamin, et l'ensemble dégagerait une élégance décontractée que Juliette apprécierait.

L'essayage suivant m'a donné raison. Quand Benjamin est sorti de la cabine, j'ai su que c'était réglé. Il s'est regardé dans la glace et je l'ai surpris à sourire.

« Je suis beau gosse, non ? »

Benjamin

Guillaume m'avait donné rendez-vous dans notre pub favori. À une semaine de mon mariage, je me doutais que la soirée serait dédiée à mon enterrement de vie de garçon, mais sans savoir s'il s'agissait juste de prendre la plus belle cuite de notre vie, ou s'il m'avait concocté un programme avec champagne et strip-teaseuses lubriques.

Le O'Sullivan était de toute façon un bon début.

Guillaume était déjà là, entouré de Florian et Marc, nos vieux copains du lycée, de Théo sans Luna, et de Bertrand dont la présence m'a surpris, mais après tout, il était mon témoin et du genre à prendre son rôle très au sérieux. Ils ont applaudi mon arrivée en hurlant des bravos et m'ont commandé ma première pinte de la soirée qu'ils m'ont encouragé à vider d'un trait.

Le ton était donné.

Après la troisième tournée, nous nous sommes mis en route. Ils m'ont bandé les yeux et m'ont guidé au milieu des piétons. Avec toute la bière que j'avais bue, mon équilibre était précaire et les rencontres tactiles nombreuses : « Pardon, mademoiselle, je vous ai touché un sein, désolé, mes amis sont des malotrus. Je suis certain que vous êtes très jolie, même si je ne vous vois pas, dommage, bonsoir, à une autre fois. »

Moins d'équilibre, mais plus de bagout.

Nous avons atteint le but de notre expédition. Ils ricanaient comme des collégiens. J'avais bon espoir d'être confronté d'ici peu à des demoiselles impudiques et j'étais ravi car d'humeur pour ce genre d'ambiance virile.

Ils m'ont ordonné de conserver mon bandeau.

J'entendais des voix de femmes.

Ils ont commandé du champagne.

Une bouche fraîche s'est posée sur mes lèvres.

Un filet de champagne s'en est échappé.

Mes camarades ont eu pitié de moi et m'ont autorisé à retirer mon bandeau. Nous étions dans un club privé de lesbiennes. Je connaissais l'endroit, il était tenu par une copine de Luna. Les filles passaient me saluer, elles me montraient un sein, une cuisse ou se roulaient une pelle, et me souhaitaient beaucoup de bonheur avec des sourires moqueurs.

C'était d'une cruauté sans nom.

À ma santé, et merci beaucoup les gars !

Christiane

J'avais posé mon tailleur à plat, sur le lit. Il me semblait maintenant trop guindé. La robe à fleurs de Nicole était tellement plus gaie…

Juliette dormait chez son père.

J'aurais aimé qu'elle dorme chez moi, avec moi, comme quand elle était trop petite pour me repousser.

Je me sentais vieille et usée.

Je me suis regardée dans le miroir, mon visage était marqué, ridé, mes lèvres avaient presque disparu, mes paupières tombaient comme si elles voulaient définitivement se fermer. J'étais bouffie, ma peau était rouge et desséchée.

Je ne séduirais plus jamais personne.

Depuis quand avais-je perdu toute chance ? Un an ? Dix ? Quand Michel m'avait quittée ?

Ma vie était ratée, j'avais trop de regrets.

Je me suis mise à pleurer et j'ai attrapé mes médicaments.

Deux cachets, une gorgée de whisky, ça n'était pas raisonnable, mais à quoi bon se torturer ?

Michel

Solange était partie.

J'avais tenté de la retenir mais elle avait eu cette drôle de réponse, elle avait besoin de réfléchir. Réfléchir à quoi ? Elle n'avait pas voulu me le dire et avait ajouté que ma fille n'avait sans doute pas très envie qu'elle reste ici.

Elle avait raison, comme d'habitude.

Quand Juliette est arrivée, j'étais en train de lui préparer le plat qu'elle me réclamait tout le temps, petite, saucisse de Morteau et lentilles. Elle a monté ses affaires puis m'a rejoint à la cuisine. Elle est venue se blottir contre moi, elle était si contente d'être là ce soir.

Ça m'a ému plus que de raison.

Ma petite fille était devenue si grande.

J'ai laissé l'émotion me traverser et quand elle a commencé à refluer, j'ai demandé à Juliette de nous servir un verre de vin.

Elle a regardé mon visage et a éclaté de rire.

« T'as failli pleurer ? Qu'est-ce que ça va être demain ! »

Une catastrophe, c'était quasi certain.

Solange

Tout était devenu confus.
J'enviais Juliette.
Sa volonté d'y croire.
Michel était fier de marier sa fille.
Si fier.
Je ne savais plus quoi penser.
De moi.
Du mariage.
De mon père.
De ma grand-mère.
J'aimais Michel.
Sa gaieté.
Son assurance.
Son enthousiasme.
À l'opposé de ma propre froideur.
De mon cynisme.
De mon anticonformisme crâne.
J'étais une tricheuse.
Une peureuse.

Jimmy

Je n'avais pas revu Juliette depuis cette nuit passée ensemble, alors qu'elle venait de demander la main de Benjamin.

Un an déjà.

Si j'avais su, cette nuit-là…

Mais comment aurais-je pu imaginer qu'elle nous bazarderait vraiment pour se ruer dans cette histoire de mariage ?

J'ai sorti la table pour repasser ma chemise des grands jours. Quitte à aller à cette cérémonie, autant avoir la classe, chemise à jabot et queue-de-pie, et marquer les esprits.

J'allais piller leur vin d'honneur.

Enfin, si je restais au-delà des corvées officielles…

Je m'imaginais bien disparaître dès la sortie de la mairie, sans un mot, sans un au revoir, juste une vague apparition dans les mémoires.

À moins que je n'y aille pas.

J'ai posé le fer pour mieux considérer cette possibilité.

J'étais tenté, mais est-ce que Juliette pourrait un jour me le pardonner ?

Juliette

Cette soirée était un rêve, mon père me bichonnait et me couvait, fier et heureux. Je redevenais sa princesse, celle qu'il avait aimée, petite, qu'il avait délaissée aussi. Il me souriait, me posait des questions et s'intéressait à moi, rien qu'à moi.

Solange était loin.

Ma mère était loin.

Nous étions tous les deux, seuls au monde.

Nous avons bu beaucoup de vin.

Je me suis imaginée arriver à mon mariage avec la gueule de bois et ça m'a fait rire.

Mon père aussi.

Je l'ai rejoint dans son fauteuil et je me suis pelotonnée sur ses genoux, comme quand j'étais petite. J'ai accroché mes bras autour de son cou.

« C'est avec toi que j'aurais dû me marier. »

Un silence s'est installé.

« Je n'ai jamais été un bon mari, tu le sais.

— Je le sais. »

Ce n'était pas pour rien que je me mariais avec son exact opposé.

Benjamin

J'avais choisi de passer ma dernière nuit de célibataire officiel dans l'appartement de Juliette qui était aussi devenu le mien. Ma mère m'avait proposé de dormir chez eux mais j'avais refusé. J'avais l'impression que je ne serais plus jamais seul, que c'était la dernière fois, une idée à la fois rassurante et angoissante.

J'ai tiré encore une taffe sur mon joint.

Elle était bonne cette herbe que Guillaume m'avait offerte pour mon anniversaire. Guillaume… mon meilleur pote, l'ex de ma future femme et le copain de mon ex-maîtresse. Nous avions décidément les mêmes goûts en matière de femmes. Et d'herbe.

J'ai ri bêtement.

J'avais envie qu'il vienne me tenir compagnie, que nous nous racontions des conneries en nous assommant gentiment.

J'ai attrapé mon téléphone.

Il ne pouvait pas, Mathilde était en train de leur faire couler un bain. Le veinard ! Moi aussi j'avais pris des bains avec Mathilde mais c'était un temps révolu… pour toujours ?

Mathilde

J'étais tendue, j'aurais dû rester chez moi.

Ce mariage me perturbait plus que de raison. Je donnais trop d'importance à l'histoire que j'avais vécue avec Benjamin. Une non-histoire. Quelques parties de jambes en l'air avec un collègue, voilà, ce n'était rien de plus.

Un collègue maqué, qu'est-ce que j'avais cru ?

L'eau coulait.

J'avais mis beaucoup de produit moussant, je n'aimais pas mon corps nu. Je me suis dépêchée d'entrer dans la baignoire avant que Guillaume arrive.

J'aimais la chaleur du bain.

J'ai fermé les yeux et mes tensions se sont dénouées peu à peu, laissant la place à un bien-être langoureux.

Les lèvres de Guillaume se sont posées sur mon front.

J'ai gardé les yeux clos, jouant avec l'idée que c'était Benjamin qui m'embrassait.

J'avais envie de faire l'amour.

Avec Guillaume ou Benjamin, pour l'heure, qu'est-ce que ça changeait ?

Guillaume

Mathilde était vraiment trop bizarre. Après une ambiance torride dans la salle de bains, elle s'était rhabillée et était repartie sans un mot d'explication.

Je ne comprenais rien.

Elle m'avait embrassé en me disant à demain.

J'ai appelé Benjamin pour voir si sa proposition tenait toujours. Il était stone et ravi que je le rejoigne. Pas la peine de m'expliquer le chemin.

Nous avons parlé d'amour en fumant des pétards.

Les filles resteraient à jamais des mystères, qu'elles soient volcaniques comme Juliette, ou plus en retenue comme Mathilde, leur cerveau n'était pas foutu comme le nôtre.

Et leur cul non plus, a rajouté Benjamin. Le cul de Mathilde, c'était quand même quelque chose, il en gardait un souvenir ému.

Je l'ai regardé étonné.

Il parlait de Juliette ou de Mathilde ?

Il m'a souri en coin, il n'était pas stone à ce point. Juliette avait un cul plat, alors que Mathilde…

Merde alors, ce saligaud s'était tapé Mathilde.

Nicole

J'avais essayé d'appeler Juliette sur son portable, puis Christiane, mais aucune des deux ne répondait.

J'étais trop excitée pour m'asseoir avec Paul sur le canapé et regarder la télé. J'avais essayé mais au bout de cinq minutes je m'étais relevée, me souvenant que je n'avais pas mis à charger l'appareil photo.

Je suis retournée dans la chambre d'amis où j'avais étalé ma tenue pour le lendemain. Tout était là, robe à coquelicots, nouveaux sous-vêtements rouges, collier, pochette et chaussures assortis. À côté, il y avait le costume gris de Paul, cravate et pochette rouges, je ne lui avais pas laissé le choix, sinon ce n'était pas la peine qu'il me demande de l'accompagner pour l'aider dans ses achats.

J'ai appelé Benjamin, je voulais savoir comment il allait, s'il n'était pas trop stressé. Il n'avait pas l'air, il m'a répondu qu'il était heureux et qu'il m'aimait.

Les larmes me sont montées aux yeux.

J'ai raccroché, heureuse et émue. Triste aussi.

Continuerait-il de m'aimer si je décidais de tout quitter ?

Paul

Je me raccrochais à mes habitudes comme à une bouée.

Vendredi, *Thalassa*.

Avant, Nicole regardait aussi, pelotonnée contre moi ou tricotant un pull pour l'une de nos petites filles. C'était un moment de détente, notre manière à nous d'entamer le week-end, depuis des années.

J'étais seul devant *Thalassa* ce soir et je ne savais même pas de quelle île parlait le reportage.

J'écoutais Nicole s'agiter à l'étage.

Elle allait d'une pièce à l'autre, ouvrait des placards et des tiroirs, je l'ai entendue téléphoner, j'ai baissé le son pour tenter de savoir avec qui elle parlait.

J'avais l'impression d'avoir vécu en sursis ces dernières semaines, comme si elle avait décidé de ne rien chambouler avant le mariage. Demain, mon dernier rempart tomberait, mais d'une certaine manière, elle avait déjà largué les amarres. Elle était encore là mais déjà loin. Je n'avais pas su lutter, je l'avais regardée s'éloigner, impuissant.

Bertrand

Les filles étaient surexcitées et nous avons eu du mal à les coucher. Les robes longues que Jessica leur avait achetées les rendaient dingues, elles voulaient les regarder et les toucher sans arrêt.

« Papa, t'as vu comme elles sont belles ? »

J'avais vu, entendu, et je n'en pouvais plus. Jessica était plus patiente que moi, elle est restée avec elles dans leur chambre et leur a raconté des histoires de princesses, avec des belles robes comme les leurs, qui rencontraient des chevaliers aussi beaux et gentils que leur oncle Benjamin. Ces histoires ont fini par les emporter vers de jolis rêves et Jessica est redescendue.

Elle s'est blottie contre moi.

Jamais je ne quitterais Jessica. J'en avais douté un moment, mais plus maintenant. Elle était la femme de ma vie. Marilyne, c'était du sexe sans affect, une drogue que je prenais en cachette. C'était agréable et Jessica n'en souffrait pas, quel mal pouvait-il y avoir à ça ?

Partie V

Jette du riz sur le parvis[1]

1. Extrait de la chanson *Un âne plane* d'Alain Bashung.

J'adore les mariages, j'y consacre chaque week-end ou presque, de juin à septembre. Je ne m'en lasse pas. C'est toujours pareil et pourtant si différent à chaque fois.

Rituel, cérémonie, fête.

Clic-clac.

Pour l'album, pour plus tard, pour vos enfants, ce jour doit être réussi, ou tout au moins le paraître.

Je suis là et j'observe.

Il existe des failles dans toutes les familles, tous les couples, tous les mariages.

Je guette.

Un regard excédé, des yeux au ciel.

Clic-clac.

« Ne vous souciez pas de moi. »

Ils sont gênés, se demandent ce que j'ai vu, ils n'osent pas m'interroger et je ne dis rien. Je leur souris. Ils sont rassurés, ou pas, mais ils préfèrent oublier et retourner à la fête.

Je continue de guetter.

Une porte entrebâillée, un baiser volé.

Clic-clac.

Je reste discret, je me fais oublier, me fonds avec les serveurs, les murs, les fleurs, c'est ce que souhaitent les mariés. Ils me choisissent pour échapper aux photos posées, usées, éculées. Ils veulent que je capte leur exception et que je la restitue sur le papier. Ils sont uniques et ça doit se voir.

Je dis oui.

Parfois ils regrettent. Ils feuillettent l'album et des ombres de contrariété planent sur leur visage. Ils sourient rose, puis jaune. Ils auraient préféré ne pas se souvenir de certains moments, ne pas en découvrir d'autres, être beaux sur chaque photo.

Ils me remercient, c'est très réussi, si si.

Ils sont déçus mais ne l'avoueraient pour rien au monde. Au final, ils auraient préféré quelque chose de plus conventionnel.

Ils se taisent.

Ils pensaient leur réalité parfaite, ils le croyaient vraiment.

*

J'ai rencontré Juliette et Benjamin au salon de Champerret. Ils déambulaient en se moquant plus ou moins discrètement de mes concurrents. Je les ai interpellés et leur ai montré quelques-uns de mes clichés : une belle mariée en larmes dont on devinait que ce n'étaient pas des larmes de joie, un marié bourré avec des traces de vin plein la chemise, une jarretière sur une cuisse celluliteuse, des parents aux regards tristes, mais aussi des éclats de rire, des baisers langoureux, un père dont la fierté débordait de la photo, une main aux fesses, un curé débraillé, tout se mélangeait, du bonheur et du chagrin, des scènes drôles ou émouvantes, mosaïques de vie, au plus près, au plus vrai.

Ils ont feuilleté.

Ils ont ri.

Ils se sont exclamés.

Juliette s'est présentée et m'a expliqué que c'était ça qu'elle cherchait. Enfin non, elle ne savait pas que ça existait, mais c'était ce qu'elle voulait, des photos vraies.

Lui continuait de feuilleter en souriant. Il lui a demandé si elle était sûre d'apprécier ce genre d'images pour son propre mariage et elle s'est énervée.

J'avais déjà envie de la photographier.

Il a quand même insisté.

Elle a poussé un soupir et m'a interrogé sur mes prix.

Benjamin m'a regardé, a haussé les épaules et m'a félicité pour mon travail.

Juliette m'a appelé trois jours plus tard pour m'engager.

*

J'arrive en avance pour repérer les lieux, échanger deux mots avec Juliette et Benjamin, capter leur humeur à quelques minutes du grand engagement.

Je suis le premier, je déambule.

Un couple sort de la mairie, entouré de monde et d'agitation. Ils sont en retard pour l'église, ils libèrent la place.

Un autre couple s'engouffre et la chanson de Brel me vient en tête.

Moi j'aurais bien aimé un peu plus de tendresse
Ou alors un sourire ou bien avoir le temps
Mais au suivant, au suivant

La place qui grouillait de monde est maintenant vide.

Je prends quelques photos.

Un couple arrive, une dame couverte de coquelicots et un monsieur triste. Ils ne se parlent pas. Elle sort son téléphone et s'éloigne, le visage soudain plus gai. Elle raccroche sans lui dire de qui il s'agissait et il ne demande rien. Puis deux jeunes amoureux apparaissent, main dans la main. Ils jettent un œil aux autres, inconnus, et ils restent dans leur coin. La place se remplit, des regroupements s'opèrent, des gens se présentent, s'embrassent ou se serrent la main.

Le mariage précédent se masse sur les marches sous les crépitements des appareils photo. Le riz vole et retombe dans le décolleté de la mariée.

Au suivant !

Juliette arrive avec un homme que j'imagine être son père. Elle porte une robe blanche parfaite pour aller à la plage, courte, ample et sans prétentions. Ça lui va à ravir. Ses cheveux sont ornés de marguerites, très bucoliques. Il se dégage d'elle une sensuelle liberté qui donne envie de la culbuter sur une botte de paille.

J'observe les visages de ceux qui la découvrent.

Clic-clac, clic-clac, clic-clac.

Je n'ai pas le temps d'analyser ce que je vois, mais espère que sa tenue inspire des réactions intéressantes.

Certains se précipitent vers elle et la complimentent, d'autres restent en retrait, la dame aux coquelicots la couvre de baisers. Je ne pense pas que ce soit sa mère, je ne sais pas. Son mari l'a suivie, un pas en arrière, il adresse un signe de tête à Juliette qui ne le voit pas.

Benjamin arrive, en tenue de vacancier lui aussi, du lin de la tête aux pieds, décontracté.

Il est bien assorti à Juliette.

Tous deux en sandalettes.

Ils s'embrassent et se sourient.

Puis Benjamin se fait assaillir par trois petites filles habillées en princesses, les trois mêmes dans trois tailles différentes, ses nièces d'après ce que je comprends.

Juliette balaie l'assemblée du regard, se hisse sur la pointe des pieds et plisse le front. Elle demande l'heure, plus qu'un quart d'heure. Elle sort son téléphone de son cabas, lui aussi orné de marguerites, hésite encore puis se décide à appeler, je ne sais pas qui. Elle raccroche sans avoir desserré les lèvres, elle ne sourit plus.

Benjamin la rejoint.

Je m'approche d'eux. Ils me saluent, Benjamin avec chaleur, Juliette avec distraction. Je ne m'impose pas mais je reste aux alentours.

J'espionne.

Il manque Jimmy, l'un des témoins de Juliette, alors que la cérémonie doit démarrer dans dix minutes. Elle téléphone de nouveau. Cette fois, elle se met à l'écart et lui laisse un message. J'entends des bribes, elle le menace, s'il lui fait ce coup-là, il le regrettera.

À ce moment, un hurluberlu en queue-de-pie et chemise à jabot arrive. Elle l'aperçoit et son visage s'illumine.

Jimmy, j'imagine.

Nous sommes invités à entrer dans la mairie.

Juliette et Benjamin gravissent les escaliers et les invités leur emboîtent le pas. Je vais pour les suivre quand je remarque Jimmy resté dehors à fumer un vieux mégot. Il n'a pas l'air de vouloir se dépêcher.

Clic-clac.

Il me sourit et ouvre sa main devant son visage pour m'empêcher de le mitrailler davantage.

Clic-clac.

Il ronchonne en riant : « Je suis là incognito, je ne voudrais pas qu'on sache que je me suis compromis dans cette histoire de mariage. »

Je n'ai pas le temps de répondre, un gars tiré à quatre épingles sort de la mairie et se plante devant lui.

« Tu dois être Jimmy ?

— Oui…

— Salut, moi c'est Guillaume, on t'attend là-haut. »

Rien ne se passe, Jimmy observe son interlocuteur avec un air pensif.

« Alors c'est toi Guillaume, je ne peux pas dire que je sois enchanté de te rencontrer, je n'aime pas les cons. »

Je m'écarte un peu.

« Pardon ?

— Tu es bien le gars qui a osé lever la main sur ma bien-aimée Juliette ? »

Guillaume ne répond rien, autant dire qu'il avoue.

Gros plans sur les visages.

L'un, rouge et honteux, l'autre, impassible.

L'un, tête basse, l'autre, altier.

Guillaume s'approche tout près de Jimmy qui lui souffle sa fumée au visage, et menace d'une voix tendue, agressive, il est question de silence à garder et de merde à laisser où elle est.

Jimmy ne répond rien, il méprise de toute sa haute stature.

Clic-clac.

Puis il entre dans la mairie, Guillaume à sa suite.

Juliette et Benjamin sont assis face au maire.

À gauche de Juliette, la dame aux coquelicots et Jimmy.

À droite de Benjamin, son frère et Guillaume.

Tout le monde a l'air prêt, mais rien ne démarre. Juliette sort son téléphone encore une fois. Elle pianote, attend, pas de réponse. Elle se tourne vers le maire.

« Tant pis, on y va.

— Vous êtes sûre ?

— Oui. »

Benjamin et la dame aux coquelicots échangent un regard inquiet. Une dame aux beaux yeux bleus s'approche de Juliette et lui propose d'aller voir ce qui se passe, ils n'en ont pas pour longtemps en voiture, ils vont rater la cérémonie mais tant pis, ils auraient dû passer chez elle avant de partir mais elle leur avait dit qu'elle se débrouillerait pour venir. Juliette les remercie vivement, si ça ne les dérange pas, c'est vraiment gentil.

Ils partent.

Juliette répète au maire de commencer.

Il acquiesce et se racle la gorge, puis se fend d'un discours bateau avant d'ânonner les articles du code civil.

« Les époux se doivent mutuellement respect, fidélité, secours, assistance. »

Pause.

« Les époux assurent ensemble la direction morale et matérielle de la famille. Ils pourvoient à l'éducation des enfants et préparent leur avenir. »

Pause.

« Si les conventions matrimoniales ne règlent pas la contribution des époux aux charges du mariage, ils y contribuent à proportion de leurs facultés respectives. »

Pause.

« Les époux s'obligent mutuellement à une communauté de vie. »

Roulement de tambour dans ma tête.

C'est le moment que je préfère, celui où les regards se troublent, où les mouchoirs sortent des poches, on tamponne un coin d'œil, on échange un regard attendri, les mariés sont attentifs, l'instant est solennel.

« Mademoiselle Juliette, Sophie, Letellier, acceptez-vous de prendre pour époux monsieur Benjamin, Xavier, Colin, ici présent ? »

Chacun retient son souffle, tend l'oreille, c'est l'instant à ne pas rater.

Je prends quelques photos de Juliette.

Elle regarde Benjamin avec un sourire radieux et répond oui.

Un brouhaha se répand dans la salle jusqu'à ce que le maire reprenne.

« Monsieur Benjamin, Xavier, Colin, acceptez-vous de prendre pour épouse mademoiselle Juliette, Sophie, Letellier, ici présente ? »

Il répond oui sans hésiter tout en broyant la main de Juliette qui esquisse une petite grimace de douleur.

Clic-clac.

« Au nom de la loi, je vous déclare unis par les liens du mariage. »

Le père de la mariée se lève et applaudit, sans se soucier de cacher les larmes qui lui coulent sur les joues. Certains se lèvent et l'imitent. Juliette et Benjamin se retournent pour saluer leurs supporters jusqu'à ce que le maire propose de passer à la signature des registres.

Je suis rejoint par les photographes amateurs, les flashes crépitent tout autour de moi. Est-ce qu'ils osent plonger dans le décolleté de Juliette comme je le fais ? Est-ce qu'ils voient comme moi ce drôle de regard échangé entre Juliette et Jimmy avant que celui-ci appose son paraphe ? Est-ce qu'ils songent à faire un gros plan sur la larme que Nicole, dame Coquelicot et mère du marié, essuie discrètement après avoir signé ? Je repense à ce qu'a dit Jimmy quand j'immortalise le moment où Guillaume prend le stylo, je voudrais que ma photo rende compte de cette main levée par le passé sur la mariée, mais rien ne transparaît, elle sourit, il s'applique, elle ne lui jette aucun regard noir, je ne capte rien de cette histoire.

Quand la séance d'autographes est terminée, Benjamin sort de sa poche une boîte à bijoux.

Alliances ?

Juliette s'empresse d'ouvrir et sort une bague ornée d'une grosse marguerite.

« Comment as-tu su ?

— Je ne savais pas… »

Elle le regarde avec émerveillement et enfile la bague. Elle la montre à tout le monde et minaude comme une starlette en approchant sa main de ses cheveux. Elle termine son numéro en embrassant son mari, mieux qu'un baiser de cinéma, la langue y est, à n'en point douter.

Ils prennent la pose sur les marches de la mairie, comme les autres couples avant eux. Pas de riz, pas de pétales, juste des applaudissements et des hourras. Ils sont les derniers de la journée, personne pour leur dire de se presser, et pas de curé à rejoindre. Il fait beau et les gens se prélassent en attendant le signal du départ.

Juliette est au téléphone.

Elle raccroche, se précipite vers Nicole et fond en larmes.

Clic-clac.

Une dame âgée me lance un regard noir.

« Vous n'avez pas honte ?

— Non. »

Je lui souris et la photographie.

Mon insolence ne suffit pas à la refréner, elle s'apprête à me sermonner, mais elle est interrompue par Juliette qui se met à hurler : « ELLE ME FAIT CHIER, PUTAIN, J'EN AI MARRE, MARRE, MARRE ! »

Benjamin accourt, coiffé au poteau par son beau-père qui se trouvait plus près.

« C'est Maman.

— Qu'est-ce qu'elle a fait ?

— Elle s'est encore suicidée… la veille de mon mariage, merde, ça se fait pas !

— …

— Enfin, elle s'est ratée, comme d'habitude.

— …

— Mais elle insiste pour venir quand même ce soir, elle me jure que ça ira… Un jour, c'est moi qui vais la tuer, comme ça, elle me fera plus chier. »

Juliette a parlé suffisamment fort pour que la plus grande partie des invités ait pu en profiter. Personne ne se risque à un quelconque commentaire, pas tout de suite, pas tant que ce silence plane sur la place de la mairie. Plus tard, oui, bien sûr, mais pour l'instant, les mouches volent et c'est tout ce qu'on entend.

Le père de Juliette lui pose une bise sur le front. Elle se colle à lui, le visage ruisselant. Il lui caresse les cheveux, l'embrasse encore, et tout à coup elle se redresse et essuie ses larmes.

Je n'ose pas la prendre en photo, nos regards se croisent, elle me défie et je me dégonfle.

« Bon, on la fait cette photo de groupe ? »

Je me mets au garde-à-vous, oui, bien sûr, tout de suite. Je n'aime pas les photos de groupe, ces paquets de têtes et de corps où on ne voit rien ni personne, même à la loupe, mais je sens qu'il est de mon devoir de participer au retour à la normalité.

J'invite tout le monde à venir se masser sur les marches.

Chacun cherche sa place.

Les mariés au centre.

Nicole efface à l'aide d'un Kleenex le maquillage coulé de Juliette.

Clic-clac.

Maman de substitution.

Les enfants s'assoient par terre, au premier rang.

Le père de Juliette me confie son appareil, suivi par trois autres qui n'auraient peut-être pas osé, mais puisque Michel a donné l'exemple…

Tout le monde est enfin prêt.

« OUISTITITI ! »

Ce n'est pas moi qui l'ai dit, les enfants ont lancé et les adultes ont suivi, en chœur.

Je prends plusieurs clichés, avec les différents appareils, et déclare le plus vite possible la séance finie.

Michel annonce qu'il est temps d'y aller. Tout le monde se dirige vers le parking. Il n'y a pas de décorations sur les voitures, pas de voiture-balai, les traditions sont malmenées.

Juliette et Benjamin embarquent avec Michel et une femme belle et mince, qui porte à ravir une tunique très décolletée sur un pantalon évasé. Le blanc de sa tenue fait ressortir son teint hâlé, et ses longs cheveux désordonnés lui donnent une jolie touche de sensualité.

Je suis prêt à suivre le mouvement, j'attends, quand je vois Juliette jaillir de la voiture de son père et se précipiter vers une Austin Mini dont je ne distingue pas le conducteur.

Je m'approche, appareil à la main, et je reconnais Jimmy. Juliette ouvre la portière côté conducteur et l'oblige à sortir. Il s'exécute, sourire aux lèvres, et quand je le vois hors de la voiture, je me demande par quel miracle il arrive à ranger tout ce corps dans un si petit habitacle. Juliette s'assied à sa place et boucle sa ceinture. Elle ferme la portière. Jimmy sort un paquet de tabac, des feuilles et se roule une cigarette, nonchalant.

Tout le monde attend, sans bien savoir quoi.

Juliette fait signe à son père d'y aller et ordonne à Jimmy de ramener ses fesses sur le siège à côté d'elle.

Le cortège s'ébranle.

J'hésite à suivre, j'aimerais comprendre.

Juliette me voit et me demande de les laisser tranquilles.

Clic-clac.

Juliette et Jimmy dans l'Austin Mini.

Je rattrape le cortège, un cortège de mariage sans mariée.

L'auberge et son jardin auraient été parfaits pour une série de photos traditionnelles. Tout est étudié, soigné, de grands arbres, un gazon très vert, une tonnelle sous laquelle est dressé le vin d'honneur, des fleurs aux couleurs pastel et une rivière en contrebas.

Les serveurs ont le doigt sur la couture, rangés derrière la table du buffet. Au signal, les bouchons de champagne sauteront.

Mais la mariée n'est toujours pas là.

Nicole s'inquiète. Où est Juliette ? Que fait-elle ?

Benjamin la tranquillise, elle va arriver.

Il allume une cigarette.

« Tu fumes ? »

Sa mère le considère, étonnée. Il regarde sa cigarette comme si quelqu'un l'avait mise entre ses doigts à son insu.

« Ben oui. »

Il se penche vers elle et l'embrasse.

Clic-clac.

Michel arrive près du buffet avec sa troupe d'amis, des quinquagénaires beaux et bronzés, le verbe haut et le rire en bandoulière. Ils ont laissé leurs femmes en leur promettant de revenir avec des coupes de champagne.

Il interpelle Nicole.

« Alors, on lance les festivités ? »

Nicole hésite, elle préférerait attendre que Juliette soit arrivée, mais elle accepte quand même.

Je récupère un verre et avale quelques toasts avant de me remettre au travail.

Les groupes se sont répartis dans le jardin.

Les jeunes sont aimantés au buffet. Parmi eux, deux hommes qui s'embrassent, un baiser furtif, léger, un baiser qui se veut discret. À proximité, une jeune femme reste seule, elle sirote son champagne en lançant de fréquents coups d'œil vers le restaurant. Guillaume s'approche d'elle et engage la discussion. Elle a été invitée par Christiane, la mère de Juliette, elles étaient collègues à l'hôpital. Elle ne connaît ni les mariés ni personne d'autre. Guillaume lui propose de se joindre à eux, il lui ressert du champagne, lui propose des toasts, la baratine et la fait rire, jusqu'à ce que sa petite amie les rejoigne.

Elle se présente.

« Mathilde, enchantée. »

Son attitude dément ses paroles.

L'autre répond du bout des lèvres.

« Mélanie. »

La pauvre est dans ses petits souliers.

Un serveur passe et Mathilde attrape un verre qu'elle vide cul sec avant de s'adresser à Benjamin.

« Juliette n'est toujours pas là ? »

Une punkette aux cheveux roses fait signe que non.

« Et ça ne t'inquiète pas, toi ? »

Benjamin ne répond rien, il hausse juste les épaules.

Son père s'approche et l'entraîne à l'écart.

« Tu sais où est ta mère ?

— Elle était là il y a cinq minutes… pourquoi ?

— Elle n'est même pas venue dire bonjour à Papi et Mamie, ni à tes oncles et tantes, pour qui je passe, moi ?

— Qu'est-ce que tu veux que j'y fasse ? »

Regard du père implorant.

Clic-clac.

« OK, elle est là-bas avec Jacqueline et Bertrand, viens, on va les voir. »

Je vide un verre de jus d'orange avant de les suivre.

Jacqueline est en pleine déclaration.

« Elle est fière ta maman, ça je peux te le dire. Depuis des semaines qu'elle m'appelle et me parle de ton mariage avec Juliette. Elle est où d'ailleurs, je n'ai pas encore eu l'occasion de la rencontrer…

— Elle est partie faire un truc, elle va arriver. »

Jacqueline se contente de cette réponse, mais Nicole insiste :

« Elle est partie faire quoi ?

— Un truc… Vous venez, on va voir Papi et Mamie ? »

Benjamin, bon fils, n'a pas oublié ce pour quoi son père était venu le voir.

« Allez-y, les garçons, Jacqueline et moi, on va se resservir une coupe de champagne.

— Non, tu viens avec nous.

— Écoute, Paul, je fais ce que je veux.

— Je te demande juste de les saluer, c'est pas grand-chose, merde.

— Depuis quand tu dis des gros mots, toi ?

— Jacqueline, je ne t'ai rien demandé ! »

Je mitraille. Je ne sais pas quel est le problème entre Nicole et sa belle-famille, je suis comme au cinéma.

Jacqueline lui répond, venimeuse.

« Tu me parlais plus aimablement quand tu voulais savoir ce qui se passait dans la tête de ta femme… »

Paul vire pivoine.

« Quoi, tu as appelé Jacqueline ?

— …

— Qui as-tu appelé d'autre ?

— Maman, c'est peut-être pas le moment, là…

— D'accord, mais je n'irai pas les saluer. Je n'ai rien contre eux, ils ont toujours été corrects avec moi, mais ça n'a jamais dépassé ce stade, le stade des conventions, comme tout ce qu'ils font. Je ne peux plus, je ne veux plus, ils me donnent le cafard, comme le reste de ma vie d'ailleurs… »

La tirade de Nicole s'est terminée dans un murmure.

Elle n'ose regarder ni son mari ni ses fils.

Lui est anéanti.

Son costume est moins gris que son visage. Je me figure que sa pochette rouge est une tache de sang, son cœur blessé qui se vide lentement. Il reste là, immobile, ne répond pas à Benjamin qui lui demande si ça va.

Bertrand emmène Nicole et Jacqueline.

Benjamin reste seul avec son père, il le prend dans ses bras dans un geste maladroit.

Clic-clac.

Je fais mon boulot.

« Je crois que je ne vais pas rester.

— Comment ça ?

— Je ne vais pas supporter de voir ta mère s'amuser, je n'en ai pas la force. Je lui fous le cafard, Benjamin.

— …

— Je suis sûr que même Juliette ne te dirait pas un truc pareil…

— Juliette peut me dire des trucs pires que ça. »

Ils se dirigent vers le clan familial, s'arrêtent en chemin, discutent. Paul fait demi-tour, il entre dans le restaurant et Benjamin rejoint ses grands-parents. Je n'entends pas ce qu'il leur dit, mais j'imagine. Je me demande s'ils vont partir en solidarité avec Paul, l'homme blessé, l'homme triste, l'homme gris.

Mon attention est détournée par un brouhaha qui s'élève du côté du buffet. Je me retourne et découvre Juliette sur le pas de la porte, au bras de Jimmy.

Clic-clac.

On croirait que ce sont eux les mariés, impression renforcée par les applaudissements qui saluent leur arrivée.

Benjamin observe sa belle, indéchiffrable, il n'esquisse pas un mouvement.

Juliette se dirige vers le buffet, légère et souriante, elle présente Jimmy aux personnes qu'elle croise.

« Mon meilleur ami, Jimmy. »

Les gens répondent en déclinant leur propre prénom. Ils ne posent pas de questions, polis, trop à mon goût. Je ne les lâche pas d'une semelle, attendant que quelqu'un, enfin, demande où ils étaient et ce qu'ils faisaient.

Personne n'ose, je suis frustré.

Juliette aperçoit Benjamin. Elle lui fait de grands signes et lâche enfin Jimmy tout en lui disant de la suivre.

« Benjamin, je te présente Jimmy, mon meilleur ami. Jimmy, Benjamin, mon mari. »

Elle pouffe et répète.

« Benjamin, mon mari, ça fait drôle ! »

Jimmy lève son verre en direction du mari, Benjamin fait de même vers le meilleur ami.

Clic-clac.

Jimmy félicite, Benjamin remercie.

La grand-mère de ce dernier toussote.

« Juliette, je te présente les parents de mon père et mes oncles et tantes. »

Juliette embrasse tout le monde avec élan.

Après avoir échangé quelques banalités, elle entraîne les deux garçons vers le buffet, mais seul Jimmy y parvient. Juliette et Benjamin se font stopper à chaque pas, bise par-ci, félicitations par-là, deux mots pour dire n'importe quoi, tout le monde veut sa part des mariés.

« Je l'ai connue toute petite, vous savez. Vous formez un si beau couple ! C'est joli cette robe, inhabituel pour un mariage, mais pourquoi pas ? Benjamin, t'as pas vu Guillaume ? Ah ! voilà enfin l'heureuse élue !

Nous avions hâte de faire votre connaissance ! Vous pouvez me tutoyer, vous savez… Cet endroit est charmant. Et votre maman, quand doit-elle arriver ? Oui, j'en parlais tout à l'heure avec le monsieur là-bas, c'est extraordinaire ! Encore une coupe de champagne ? Et ce beau temps, quelle chance ! Oui, elle s'est mariée l'été dernier, c'était très sympa. Et vous allez partir en voyage de noces ? Tu devrais goûter ces trucs, là, ils sont à tomber par terre ! Montre ta bague. Vous ne deviez pas vous marier à l'église ? Je vous conseille l'Indonésie, c'est magnifique ! Non, merci, j'ai déjà trop bu… Et la personne là-bas, c'est qui ? Ah bon ! Je ne savais pas. Il est fier ton père, regarde-le ! Je peux vous prendre en photo ? Et vous vivez ensemble, alors ? Mais comment tu fais pour être si bronzée ! Tu crois que Guillaume a préparé un discours ? »

Juliette et Benjamin finissent par s'extraire de ce bourdonnement, ils se mettent à l'écart et font le point : le père de Benjamin parti, la mère de Juliette pas arrivée. À part ça ? À part ça, ça va.

Pas une remarque sur l'escapade de Juliette avec Jimmy, Benjamin est un homme de paix.

La dame aux beaux yeux bleus interrompt leur aparté.

« Elle est dans la salle de restaurant, elle aimerait que tu viennes la voir. »

Juliette se gratte les mains et Benjamin passe son bras autour de ses épaules.

« Comment est-elle ?

— Couci-couça, je te préviens… »

Juliette l'interrompt, ça ira, elle remercie et se dirige vers le restaurant. Elle marche comme un robot, esquive les invités, hoche la tête au hasard. Arrivée près du buffet, elle hésite, fait un crochet, attrape une coupe de champagne qu'elle vide d'un trait, puis entre dans la salle.

Je n'ose pas la suivre, je reste sur le pas de la porte. Impossible de prendre la moindre photo d'ici, c'est trop sombre à l'intérieur, tant pis.

« Salut.

— Tu pourrais m'embrasser…

— Pas envie.

— Je ne voulais pas rater ton mariage, tu sais.

— Ah ! oui, et si t'étais morte ?

— Pourquoi tu me parles comme ça ?

— Je suis censée te parler comment ? Tu fais une tentative de suicide la veille de mon mariage et tu voudrais que je sois gentille ! Je suis en colère, figure-toi.

— Assieds-toi près de moi.

— Non.

— S'il te plaît.

— Je sors.

— Attends-moi. »

Je m'éloigne de mon poste d'observation, me plaçant de façon à pouvoir les prendre en photo quand elles feront leur apparition.

Clic-clac.

J'ai un choc, comme l'ensemble des invités.

Quelque chose se fige dans le jardin des délices, les discussions se meurent et tous les yeux fixent la nouvelle arrivée. Juliette, qui marchait un pas devant, se retourne vers sa mère.

« Mais qu'est-ce que t'as fait ? »

Sa mère se met à pleurer.

« Tout le monde te regarde, t'es contente ? »

Elle secoue sa mère comme un prunier, sa mère qui

a retiré son chapeau et dont la tête est rasée, le visage couvert d'ecchymoses.

Nicole s'interpose.

« Laisse-la, Juliette, ça ne sert à rien. Laisse, je vais m'occuper d'elle. »

Juliette rentre dans le restaurant, Benjamin à sa suite.

Nicole emmène Christiane quelques mètres plus loin. Elle lui éponge les yeux, comme plus tôt dans la journée avec Juliette. Elle lui parle avec douceur et Christiane se calme, elle explique. Soudain, devant la glace, elle s'est trouvée si laide. Elle se souvient avoir attrapé les ciseaux et coupé, coupé. Pour le reste, elle ne sait plus très bien. Elle avait déjà bu pas mal de whisky, pris des cachets. Le miroir est cassé, elle suppose avoir cogné avec son visage, elle ne sait plus, elle est désolée. Elle pleure de nouveau.

Une dame s'approche, elle la prend dans ses bras puis lui remet son chapeau sur la tête.

« C'est mieux comme ça. Regarde-moi, il te va très bien. Allez, souris. Maintenant que tu es là, essaie d'en profiter un peu, Juliette va se calmer. »

*

Chacun cherche son nom sur les étiquettes placées près des verres. Moi, je n'ai pas ce problème, je mange à l'écart.

Juliette et Benjamin trônent à la table centrale, entourés de leurs témoins avec leurs conjoints.

Nicole négocie avec les mariés. Puisque Paul est parti, elle aimerait que Jacqueline prenne sa place, si ça ne dérange pas. Sa demande est acceptée. Nicole adresse de grands signes à son amie pour qu'elle la rejoigne.

Christiane vient voir Juliette.

« Je voudrais être à ta table… pourquoi Nicole y serait, et pas moi ? »

À quoi bon expliquer ?

Juliette soupire.

Christiane tient bon.

« Enfin, Nicole, d'accord, c'est ton témoin, mais Jacqueline, hein, pourquoi ? »

Nicole regarde Christiane, incrédule.

Clic-clac.

« Je t'ai fait une table aux petits oignons avec tous tes invités, et tu veux les laisser en plan, emmerder Nicole et Jacqueline, tout ça pour qu'on puisse s'engueuler toute la soirée ! »

Christiane ne répond rien mais reste sans bouger, et c'est Jacqueline qui flanche.

« Je vais aller à la place de Christiane, ce n'est pas si grave, il y a le frère de Nicole et sa belle-sœur, ça ira… »

Juliette remercie Jacqueline.

Christiane s'assied et déclare à Nicole qu'elle est contente d'être près d'elle.

Nicole ne répond rien.

Michel tapote son verre avec sa fourchette sous les encouragements de l'ensemble de sa table.

« Mi-chel ! Mi-chel ! Mi-chel ! »

Il remercie son fan-club et s'éclaircit la voix.

« Je souhaite juste dire un mot avant que tout le monde ne soit trop saoul pour m'écouter… »

La belle-famille de Nicole regarde Michel d'un air catastrophé. Cette saoulographie annoncée semble leur faire regretter de ne pas avoir suivi Paul.

Michel remonte ses manches.

« Je suis très heureux aujourd'hui, vraiment très heureux ! Très ému aussi…

— C'est à cause du champagne ! »

Les rires fusent à sa table.

« Non, ce n'est pas le champagne. Je suis très ému car, comme le savent tous mes proches…

— … tu aimes beaucoup le champagne ! »

Rires encore.

« Je ne vais pas y arriver ! Pour ceux qui ne connaissaient pas Jeannot, c'est chose faite. Jeannot, une autre déclaration ?

— Je suis très ému aussi… »

Jeannot se lève et envoie un baiser à Juliette qui lui retourne la pareille.

« Je disais donc que j'étais très ému, et pour deux raisons. Tout d'abord, évidemment, parce que ma petite Juliette se marie aujourd'hui, et penser que je ne suis plus l'homme de sa vie me fend le cœur. Enfin, ce qui me console, c'est qu'elle n'a pas trop mal choisi son mari. »

Michel lève son verre en direction des mariés.

« Je vous souhaite beaucoup de bonheur à tous les deux. Benjamin, je compte sur toi pour prendre soin de ma fille, elle est ce que j'ai de plus précieux. »

Un immense sourire envahit le visage de Juliette, elle applaudit, embrasse son mari, répond au clin d'œil de son père, elle rit, déclare qu'elle l'aime toujours mais qu'il commence à être trop vieux, il hausse les épaules et lève les yeux au ciel, elle lui envoie des baisers, une rafale de baisers, il se déplace, la prend dans ses bras, lui dit des mots à l'oreille, ils s'embrassent, se séparent et Michel revient à sa place.

« La deuxième raison pour laquelle je suis si ému…

c'est que Solange, mon incroyable Solange qui n'en finira jamais de me surprendre, m'a demandé ce matin si je voulais l'épouser. »

Jeannot laisse échapper un long sifflement.

« Mazette ! Et t'as accepté ?

— Oui, par contre, on s'est juré de ne pas t'inviter ! »

Jeannot râle pour la forme, puis Michel et Solange s'embrassent sous les hourras. Je photographie le nouveau couple vedette puis je reviens à Juliette.

Elle est livide.

Clic-clac.

Jimmy croise son regard et lève le pouce en l'air, goguenard. Elle hausse les épaules et se gratte les mains en regardant son père ouvrir une nouvelle bouteille de champagne pour célébrer son propre mariage.

Elle quitte la salle.

Benjamin et Nicole se concertent.

C'est Nicole qui s'y colle et je la suis de près.

Elles sont dans les toilettes des femmes. Je reste dans le couloir, près de la porte, l'oreille tendue.

« Juliette, sors de là !

— Non, je veux rester seule. C'est ma fête, mon jour, elle n'a pas le droit ! Et lui, là, gentil toutou qui accourt dès qu'elle lui tend un su-sucre ! Mon cul que je suis ce qu'il a de plus précieux ! Les bonnes femmes l'ont toujours mené par le bout de la braguette, demande à ma mère !

— Juliette, arrête de hurler et sors.

— …

— Allez, Juliette, te gâche pas ta fête. »

Quelqu'un vient du restaurant, ce qui m'oblige à abandonner mon poste. J'entre dans les toilettes des hommes où je m'enferme dans une cabine. Je n'entends plus ce qui se passe à côté, mais j'imagine Juliette sortir enfin et Nicole lui essuyer ses larmes, encore une fois.

« Comme il est heureux, Michel ! »

Je reconnais la voix joviale de Jeannot.

Zip, soupir de soulagement alors que le jet éclabousse l'urinoir, bruyamment.

« N'empêche, j'aurais jamais pensé que Solange se déciderait un jour… j'ai toujours eu l'impression, je sais pas, qu'elle se gardait une porte de sortie… »

Concerto d'urine sur céramique.

« Moi, Solange, tu sais ce que j'en pense…

— T'as vu Christiane, l'ex de Michel ? Putain, le machin !

— Ouais, sacrément barrée ! »

Zip, eau qui coule, la porte s'ouvre.

« Vous êtes là, les gars, j'ai une de ces envies de pisser ! Vous croyez ça que je vais me remarier ?

— Ce ne sera que la quatrième fois… »

Jeannot ricane.

« Non mais là, c'est pas pareil ! Solange, merde ! »

Zip, urine, les deux autres attendent.

« Je suis sacrément heureux !

— Qu'est-ce que ça va changer ?

— Je sais pas, peut-être qu'on va emménager ensemble, on n'en a pas trop parlé… en tout cas, on va faire une de ces bringues ! »

Zip, eau qui coule, la porte se referme et le calme revient.

Pendant ce temps, on a servi les entrées.

Je m'assieds et pose mon appareil.

J'ai une jolie vue d'ensemble, latérale par rapport aux mariés. Le sourire est revenu sur le visage de

Juliette. Elle tartine son foie gras, y dépose la confiture d'oignon, croque et ferme les yeux.

Je regrette de rater cette photo-là.

J'observe tous ces gens qui mangent, discutent et rigolent. Rien ne semble pouvoir les détourner de l'objectif de la journée, pas même une tentative de suicide ou un divorce annoncé, ils préfèrent trinquer au bonheur présent et ils ont sans doute raison.

J'ai fait pareil le jour de mon mariage.

Mon mariage… treize ans déjà.

Pas de divorce, plus d'amour.

Je reporte mon attention sur Juliette et Benjamin, me demandant où ils en seront dans treize ans, mais mes pensées sont interrompues par une vision fugace, une main se promenant sous la table, une main qui n'aurait pas dû se trouver là. J'aurais cru m'être trompé, avoir mal vu, si le regard gêné du marié ne m'avait confirmé les faits : sa voisine, Mathilde, vient de lui caresser la cuisse. Elle se penche maintenant vers Guillaume et lui dit quelque chose à l'oreille.

Je récupère mon appareil.

Guillaume hausse les épaules et elle semble étonnée. Étonnée et déçue. Elle se lève, prend un verre et une fourchette pour attirer l'attention de l'assemblée. Guillaume l'oblige à se rasseoir en la tirant par le bras.

J'engouffre la dernière bouchée de mon foie gras.

Mathilde essaie de se relever mais Guillaume l'en empêche, elle sourit et se tourne vers Benjamin.

Je m'approche, sous couvert de prendre quelques clichés.

Mathilde se plaint que Guillaume l'empêche de faire le discours qu'elle a préparé.

Benjamin est livide.

« S'il te plaît, Mathilde… »

Il ne dit rien de plus, jette un œil à Juliette qui est en grande discussion avec Nicole.

« S'il te plaît. »

Guillaume sort de table en traînant Mathilde derrière lui. Elle se laisse faire. Juliette demande à Benjamin ce qui se passe. Il répond qu'elle a trop bu, ce qui semble vrai, qu'elle a besoin de prendre l'air, et Juliette se contente de cette réponse. Il prétexte avoir envie de fumer une cigarette pour les rejoindre et lui dépose un baiser sur le front avant d'y aller.

« Je m'en taperais bien une aussi, je vais t'accompagner… »

Benjamin fait la moue, une moue éclair, presque imperceptible. Je me demande dans quelle mesure Jimmy a suivi la scène. Il sourit d'une manière qui ne dit rien, un sourire normal, pas un sourire malin ou malveillant, juste un sourire aimable. Benjamin acquiesce en silence.

Je les suis dans le jardin.

Il fait doux, le ciel est étoilé. Jimmy roule sa cigarette tout en dissertant sur la beauté des nuits d'été, un long monologue que Benjamin écoute en scrutant l'obscurité.

Mathilde et Guillaume sont hors de vue, seules leurs voix nous parviennent, ils se disputent.

« Tu ne trouves pas ?

— Excuse-moi, j'étais perdu dans mes pensées…

— Je m'étonnais que tu laisses tes amis s'engueuler… on devrait peut-être aller voir, non ?

— T'as qu'à rentrer, je vais m'en occuper.

— J'ai ouï dire que ton ami avait la baffe facile… si je peux passer pour un héros auprès de la belle Mathilde, je ne vais pas m'en priver…

— Elle n'aurait pas dû te raconter ça.

— Qui, Juliette ? Pourquoi ? Mais si, bien sûr ! Je suis son meilleur ami.

— Ouais, son meilleur ami… elle l'a assez répété aujourd'hui. »

Il se met en marche, sans se soucier de Jimmy.

La scène est étrange, décalée par rapport au romantique clair de lune. Guillaume secoue Mathilde en lui gueulant dessus : « TU VAS LA FERMER, PUTAIN, MAIS TU VAS LA FERMER ! »

Je prends une photo sans flash pour rester discret.

Mathilde est d'une beauté saisissante dans cette lumière fantasmagorique. Benjamin les sépare. Elle s'agrippe à lui alors qu'il essaie de se libérer de son étreinte. Elle ne le lâche pas et le fixe d'un regard fou.

Pour tout dire, elle fiche la trouille.

« Pourquoi ?

— Pourquoi quoi ?

— POURQUOI TOUT ? »

Les dialogues sont relevés.

Guillaume allume une cigarette et je devine que Benjamin aimerait en faire autant.

« Je ne sais pas, Mathilde…

— TU NE SAIS PAS !!! »

Elle le frappe.

Clic-clac.

Elle crie suffisamment fort pour couvrir le bruit de mon appareil. J'aperçois Jimmy qui observe la scène, appuyé contre un arbre. Il me fait un signe de la main. Je suis gêné, j'ai l'impression d'être surpris en train de me curer le nez ou de me masturber.

« Putain, ça suffit, Mathilde ! »

Guillaume s'approche, menaçant. Elle l'ignore et continue de rouer Benjamin de coups, en lui hurlant des questions, des réponses, des accusations, des insultes et des mots d'amour. Je comprends qu'elle a dû être sa maîtresse et qu'elle l'aime toujours. Ça craint. Si j'étais Guillaume, j'aurais les boules, d'ailleurs il la tire en arrière d'un coup sec et la jette à terre.

Je retiens mon souffle, j'ai peur de ce qui va se passer mais je suis paralysé.

« Mauvaise ambiance par ici… »

Jimmy vient de sortir de l'ombre et aide Mathilde à se relever.

« Tu te conduis décidément très mal avec les dames, Guillaume, très très mal, barre-toi d'ici.

Quant à toi, Benjamin, je pense que Juliette ne va pas tarder à s'inquiéter de ton absence… »

Personne ne bouge.

« Je m'occupe de tout, dégagez. »

Les deux amis se mettent en route sans un mot et Jimmy me conseille d'y aller aussi.

J'obéis, je suis dépassé.

Benjamin et Guillaume reprennent leurs places à table. Les plats sont arrivés, déjà bien entamés dans la plupart des assiettes.

Je n'ai plus faim.

Guillaume se sert deux verres coup sur coup. Juliette lui demande où est Mathilde. Il répond en ricanant qu'elle est avec le chevalier de la soirée. Le chevalier ? Oui, l'homme tout droit sorti du XIXe siècle, chemise à jabot et cheveux longs, ça lui rappelle quelque chose ?

Benjamin se prend la tête entre les mains tandis que Guillaume écluse un troisième verre.

*

Un larsen nous déchire les oreilles, suivi d'un tapotement dans un micro. Théo se présente, il est l'ami désigné d'office pour assurer l'ambiance musicale, et sans plus tarder il envoie la classique valse viennoise pour ouvrir le bal. Michel invite sa fille tandis que Benjamin fuit le regard implorant de Christiane.

Je mitraille Juliette qui s'emmêle les pieds dans ceux de son père avec bonne humeur.

Les couples se forment.

Jeannot et Solange.

Bertrand et sa mère.

Guillaume et Mélanie.

Les parents de Paul.

Ils tournent et s'étourdissent sous les regards de ceux qui restent assis, ceux qui ne savent pas danser, ceux qui partiront dès le dessert avalé.

Benjamin n'a pas bougé, il tripote les miettes qui parsèment la nappe, perdu dans ses pensées.

Et Théo enchaîne avec *La Valse à mille temps.* Changement de partenaires, Juliette vient chercher Benjamin, Michel invite Solange et Jeannot récupère Nicole. Bertrand s'approche de sa femme qui lui dit non, pas maintenant, plus tard peut-être, et il part dans le jardin.

Une valse à vingt ans
C'est beaucoup plus troublant
C'est beaucoup plus troublant
Mais beaucoup plus charmant
Qu'une valse à trois temps
Une valse à vingt ans

Christiane se lève et scrute la salle, elle retire son chapeau, touche son crâne déplumé, le remet, puis se rassied.

Je photographie au hasard.

Le tempo s'accélère.

Une valse à cent temps
Une valse à cent ans

J'ai presque la tête qui tourne tellement ça virevolte en tous sens. Les grands-parents de Benjamin ont abandonné la compétition, sage décision.

Je pense à Mathilde et Jimmy.

Le tango remplace la valse.

Christiane se tient devant Michel qui se remet avec peine de sa prestation précédente. Elle ne dit rien mais elle reste là, debout, son chapeau à la main. Elle veut danser. Les amis de Michel ricanent plus ou moins discrètement, mais Christiane ne semble pas les entendre. Clic-clac, une photo sans enthousiasme.

Je sors prendre l'air et le calme de la nuit me fait du bien. Je lève la tête vers les étoiles et cherche la Grande Ourse, par habitude, heureux de retrouver cette bonne vieille casserole rassurante.

Je me demande ce que font Mathilde et Jimmy.

J'avance un peu dans le jardin et j'aperçois Bertrand au téléphone. J'hésite à m'éloigner, j'ai eu mon compte d'indiscrétions pour la soirée, mais je suis incorrigible. Je m'autorise cinq minutes et je me rapproche un peu.

« Moi aussi, je pense à toi… bien sûr que j'aimerais être avec toi… t'es vraiment une coquine… non, ça ne me déplaît pas. »

Encore un salaud.

Je pense à sa femme, Jessica, assise sur sa chaise et surveillant du coin de l'œil les trois petites princesses, tandis qu'il téléphone en douce à une autre. Je l'imagine revenir dans dix minutes dans la salle et l'embrasser sur le front comme si de rien n'était.

C'est la vie.

Je descends vers la rivière sans l'avoir vraiment décidé.

Mathilde et Jimmy sont toujours là, il est assis, adossé à un arbre, et elle est allongée, la tête posée sur ses cuisses. Ils fument, en silence, ils ont l'air très paisibles.

Clic-clac, je ne sais pas à quoi pourra ressembler cet album de mariage.

Jimmy m'a vu et m'invite à les rejoindre. Il me propose de partager leur joint. Je n'ai pas fumé d'herbe depuis une éternité. J'hésite puis décide que ça pourra m'aider à retrouver le sourire. Ils m'interrogent sur l'ambiance là-bas. Je raconte les valses, les tangos, les gens assis sur leurs chaises et les autres. J'évite de parler de Benjamin, Juliette et Guillaume, mais Mathilde se fout du reste. Elle veut savoir si Guillaume est toujours là, ce pauvre con. Je confirme que le pauvre con est toujours là, je m'autorise même à préciser que lorsque je suis parti, il ne lâchait plus Mélanie et qu'elle semblait sur le point de mourir étouffée tellement il la serrait fort dans ses bras.

Ils rigolent.

Je suis soulagé. Jusqu'à ce qu'elle s'enquière de Benjamin. J'interroge Jimmy du regard, je n'ai pas envie de déclencher une nouvelle crise. Il hausse les épaules.

« Les mariés dansent ensemble, comme le veut la tradition. »

Je m'arrête là.

Mathilde tire sur le joint, une grande bouffée qu'elle garde longtemps dans ses poumons, puisqu'elle expire dans un soupir.

« Jimmy, tu veux pas m'épouser ? »

Ils se mettent à rire tous les deux.

Mathilde poursuit.

« Tu prendrais Juliette comme témoin et moi Benjamin…

— Est-ce que tu veux qu'on invite Guillaume ?

— Je sais pas, pour l'emmerder peut-être…

— Moi, je suis contre le mariage, mais si tu veux qu'on baise, c'est quand tu veux…

— Je vais peut-être vous laisser ?

— Et les photos, alors ? »

Je suis bien avec eux. Ils sont cassés et débitent les bêtises avec une tranquille bonne humeur. Je resterais bien mais le devoir m'appelle, je ne peux pas rater la pièce montée.

« Vous comptez retourner là-bas ?

— On irait bien chercher à boire, mais pour le reste…

— Non, je ne crois pas. »

Ils ont raison. Je leur apporterai une bouteille tout à l'heure, si je peux.

Quand je rentre dans la salle, mon regard croise celui de Bertrand qui joue avec ses filles, près de sa femme. Je m'offre un tour d'horizon : Guillaume gesticule sur la piste de danse, seul, Christiane est assoupie sur sa chaise, quelques personnes fument sur la terrasse, et Juliette et Benjamin discutent avec leurs amis.

Le fromage a circulé en mon absence. Les serveurs commencent à débarrasser, ils enlèvent les assiettes, les couverts, les verres, les miettes, seules les taches de vin restent. Une pyramide de coupes est dressée sur une table, dans un coin.

Je ferme les yeux.

Le brouhaha des voix, de la musique et des rires gras résonne à mes oreilles, familier, identique à chaque mariage.

Michel m'interpelle.

« Alors, il est pas beau ce mariage ? Hein, vous qu'en avez vu des dizaines, qu'est-ce que vous en dites ?

— Il est magnifique ! »

Qu'est-ce que je peux lui dire d'autre ?

Il repart content.

Les premiers bouchons de champagne sautent.

Juliette bondit et applaudit. Elle attrape Benjamin par la main pour s'approcher et admirer le liquide doré couler et remplir peu à peu les verres.

Le gâteau arrive.

Ce n'est pas une pièce montée, mais un énorme fondant au chocolat en forme de cœur, avec les rituels mariés en plastique plantés au beau milieu. D'autres cœurs plus petits suivent, fraise, vanille, plein de cœurs de toutes les couleurs.

Juliette n'a d'yeux que pour celui en chocolat qu'ils ne tardent pas à transpercer avec un grand couteau, à deux mains et avec le sourire de circonstance.

Applaudissements.

Un clic-clac un peu las.

Les serveurs prennent la relève, ils charcutent le cœur, le dépècent, et distribuent les morceaux à l'assemblée.

Juliette a du chocolat plein les doigts. Elle rigole comme une petite fille en menaçant tous ceux qui l'approchent de s'essuyer sur leurs beaux vêtements du dimanche. Une course-poursuite s'improvise entre Théo et Juliette. Christiane se réveille quand sa fille s'agrippe à elle pour ne pas tomber. Elle laisse une grande traînée marron sur le tailleur beige. Elle s'excuse, attrape une serviette et étale le chocolat. Ça la fait rire encore. Elle embrasse sa mère pour se faire pardonner, attrape son chapeau et se sauve en courant. Christiane sourit et referme les yeux.

Clic-clac.

Quelle drôle d'image, cette femme au crâne rasé, au visage tuméfié, assoupie et paisible dans son tailleur barbouillé de chocolat.

Cette photo-là, je sais déjà que je vais l'aimer.

Je m'assieds dans un coin pour déguster un peu de cœur fraise et de cœur mangue. Fameux. Je regarde ma montre, une heure et demie. Je vais rester encore un peu pour les photos débraillées de fin de soirée avec les chemises auréolées sous les bras et sorties des pantalons, puis je partirai.

Juliette se déchaîne sur *La Salsa du démon.*

Oui, c'est moi Vampirella
Malheur à ceux qui ne m'aiment pas
Oui, oui, oui, mon cœur est en fer
je fais l'amour comme une panthère

Elle mime, elle grimace, s'approche de ses oncles et tantes par alliance et fait mine de vouloir les attaquer toutes griffes dehors. Ils ne rient pas, elle si. Elle repart en chantant vers des spectateurs plus enthousiastes, se fait kidnapper par Jeannot qui incarne un Belzébuth très convaincant. Tous deux s'égosillent : *C'est la, c'est la, c'est la salsa du démon !*

*

Le clan des Colin s'apprête à partir.

Juliette s'approche, titubante, elle espère qu'ils ont passé un bon moment, il faudra dire à Paul qu'il aurait dû rester. Pourquoi est-il parti d'ailleurs ? Il ne l'a jamais aimée, elle le sait, mais quand même, on ne marie pas tous les jours son fils…

Nicole danse non loin et la réplique de la grand-mère lui est destinée, sans aucun doute.

« Je suis certaine que ça lui a déchiré le cœur de partir, mais Nicole s'est si mal comportée, quel choix avait-il ? »

Nicole s'arrête de danser. Son énervement se mesure à l'intensité du rouge qui s'est propagé dans tout son décolleté, rouge sang, rouge carmin, rouge coquelicot.

Clic-clac.

Juliette la regarde en souriant et ajoute un peu d'huile sur le feu.

« Je crois qu'elle n'aime plus votre fils, si tant est qu'elle l'ait un jour aimé…

— Juliette, ne te mêle pas de ça !

— Ben quoi, c'est pas ce que tu m'as dit l'autre jour ?

— Comment pouvez-vous ? Comment osez-vous, Nicole ?

— Comment j'ose quoi ? Comment j'ose enfin ouvrir les yeux sur ma vie ? Comment j'ose enfin vous dire merde si j'en ai envie ? Merde, merde et merde ! D'autres questions ?

— Je préfère partir…

— C'est ça, partez et emmenez toute votre cour avec vous ! Je suis certaine que vous vous réjouissez secrètement de notre séparation avec Paul… si ce n'est le scandale que ça représente bien sûr… votre petit Paul qui va revenir dans votre giron ! »

Benjamin s'approche, un joint à la main.

« Ah ! Maman, tu t'es décidée à reparler à Mamie ? »

Juliette pouffe.

« Tu fumes trop, Benji chéri !

— Qu'est-ce que c'est que ça, de la drogue ?

— Mais non, Mamie, c'est une cigarette bio !

— Arrête de te moquer de moi, Benjamin ! Vous pouvez être fière de vous, Nicole, maintenant votre fils se drogue ! Pas étonnant avec l'exemple que vous lui donnez… »

Nicole la regarde, méprisante, et prend le joint de la main de Benjamin. Elle tire une taffe et tousse.

Clic-clac.

« Mon fils au moins n'est pas mort étouffé à cause de moi, contrairement au vôtre.

— Vous dites n'importe quoi, ma pauvre Nicole, nous n'avons décidément plus rien à faire ici. »

Nicole tire encore sur le joint, un sourire malin accroché aux lèvres, elle ne quitte pas des yeux sa belle-mère qui soutient son regard, le visage fermé, haineux.

Nous assistons à cet affrontement silencieux, souffle retenu. Moi je mise sur Nicole, même si la vieille carne semble têtue. Benjamin chantonne, papi Colin souffle et bougonne.

C'est Michel qui nous libère de ce duel qui semble pouvoir durer une éternité. Il embarque Nicole dans un rock endiablé sans lui demander son avis. Il la kidnappe et elle se laisse emporter, adressant de grands signes d'adieu à sa belle-mère.

Benjamin les raccompagne vers leurs voitures, encaissant avec tranquillité le flot des critiques éructées par sa grand-mère.

Quand il revient, sa mère est au centre de la piste, déchaînée. Elle se trémousse avec frénésie devant Jeannot qui suit sa cadence, se colle à elle et la tripote sous les acclamations de ses amis.

Benjamin reste figé, bouche bée. Son frère le rejoint.

« Putain, qu'est-ce qu'elle a, Maman ?

— Je crois que l'herbe ne lui réussit pas…

— Elle a fumé ?

— Ben oui…

— Qu'est-ce qu'on fait ?

— On la laisse, elle a l'air de s'amuser…

— Ça te gêne pas qu'elle se donne en spectacle comme ça ? »

Benjamin hausse les épaules.

« Bon, nous, on va y aller, les petites sont crevées. Tu gardes un œil sur Maman quand même, hein ? »

Benjamin acquiesce mollement. Il s'assied près de Christiane qui dort toujours, émettant un léger ronflement. Juliette le rejoint et s'installe sur ses genoux.

« Laquelle de nos deux mères est la plus grave d'après toi ?

— Jusque-là, j'aurais misé sur la tienne, mais j'ai l'impression que la mienne a décidé de rentrer dans la compétition… »

Juliette taquine sa mère de quelques pichenettes qui la sortent de son sommeil.

« Tu t'amuses bien ?

— Hein, oui, enfin… je crois que je m'étais endormie. »

Juliette l'attrape par le cou et lui pose une grosse bise sur la joue, un geste gentil, affectueux.

J'immortalise l'instant.

« Tu devrais rentrer, Mamouchka, t'es crevée.

— Oui, t'as raison, je vais demander aux voisins si on peut y aller. Tu t'es bien amusée, t'as passé une bonne journée ? »

Juliette réfléchit un instant. Elle regarde la piste, son père qui danse un slow avec Solange, et Guillaume qui pelote Mélanie. Elle se serre davantage contre Benjamin et répond enfin.

« Oui, pas de tout repos, mais c'était bien. »

Benjamin éjecte Juliette de ses genoux, sa mère vient de s'effondrer sur le parquet.

Clic-clac.

Il est auprès d'elle en deux secondes.

Elle ouvre les yeux et lui sourit péniblement.

« Je suis pas bien, tu peux m'emmener aux toilettes ? »

Il l'embarque tant bien que mal, aidé par Jacqueline qui les a rejoints. Elle s'excuse, elle a honte, elle s'en veut, elle a trop bu, et cette idée qu'elle a eue de fumer. Il la rassure du mieux qu'il peut, ce n'est pas grave, ça arrive, il n'y a pas de problème, ça va aller.

« Tu sais, je suis heureuse, Benjamin, j'ai enfin l'impression de vivre… tout ce temps perdu ! »

Elle pleure et sourit en même temps.

Benjamin l'embrasse.

Clic-clac.

*

La salle est maintenant clairsemée. Les jeunes continuent de danser tandis que Michel, Solange et quelques-uns de leurs amis discutent avec animation en fumant des cigares et en sirotant du cognac. Tous les autres sont partis. Je ne vois plus non plus Juliette et Benjamin, ils ont dû s'éclipser pendant que j'étais aux toilettes. Il est temps pour moi de tirer ma révérence.

Je vole une bouteille de champagne dans un seau à glace, pour Jimmy et Mathilde, s'ils sont toujours là. Je sors dans le jardin avec l'objet de mon larcin sans que personne ne me remarque.

Je descends vers la rivière.

Ils ne sont plus là, ils ont disparu.

Je m'assieds au pied de leur arbre. Je ne saurai jamais s'ils ont fini ensemble, je ne les reverrai pas, à moins qu'ils ne m'appellent un jour pour que je m'occupe de leur mariage, ce serait drôle.

J'ouvre la bouteille, laissant le bouchon partir au loin et j'avale une gorgée, au goulot, à la santé de Juliette et Benjamin, avec tous mes vœux de bonheur.

Mise en pages PCA
44400 Rezé

Achevé d'imprimer en Allemagne en avril 2012
sur les presses de
GGP Media GmbH
à Poßneck

POCKET - 12, avenue d'Italie - 75627 Paris Cedex 13

Dépôt légal : mai 2012